OGRES

Pier-Angelo Polver

OGRES

Collection Le Cercle Poche
dirigée par Agnès Pareyre

BALLAND

ISBN : 2-913563-48-1

Special dedicace to all the little girls from Little Rock.

Je crois qu'El Niño nous tuera tous. Il ne fait pas loin de vingt degrés, un 15 janvier. Je suis en short et torse nu. J'ai ouvert la fenêtre de la chambre pour bronzer. J'ai chaud, je suis en sueur. J'aimerais un Coca sur une montagne de glace, avec une tranche de citron ce serait parfait. Et dire que pour les Fêtes, je me gavais de grogs ! J'ai lu dans un journal que ce phénomène climatique est la conséquence naturelle de Tchernobyl. Pendant des années on nous a menti, on nous a fait croire que les Vosges avaient stoppé le nuage radioactif, c'était énorme et pourtant on a gobé les explications des scientifiques, on a dû vouloir se rattacher à tout prix à une idée de virginité atomique. Bientôt on nous annoncera qu'il ne faut pas avoir peur des variations de températures, on nous dira de voir le côté positif, après tout qui s'opposerait à l'été toute l'année, à part peut-être les fabricants de pulls et d'écharpes, on nous assurera même, preuves à l'appui, que les thermomètres resteront fixes, pas de crainte à avoir de finir comme des toasts non surveillés. On nous prend pour des cons parce que nous voulons être pris pour des cons, jouissons avant de mourir carbonisés dans les bras d'El Niño, c'est la philosophie des dernières années du millénaire qui s'achève.

C'est sans doute parce que je ne travaille plus que toutes ces idées me viennent en tête. Qui pense à l'Apocalypse excepté les religieux et les glandeurs ? Auparavant, ces choses ne m'auraient jamais traversé l'esprit, j'aurais même ri en écoutant les dangers éventuels des centrales soviétiques, je fuyais ces conversations de bistrot. Aujourd'hui, je réfléchis. Je réfléchis à ma vie et à celle de mes proches. Je me demande ce qui va les modifier, je traque le danger, j'anticipe les catastrophes. Je m'interroge. Je sais tout des tremblements de terre, des raz de marée, des éruptions volcaniques, des météorites géantes et autres cataclysmes. Je ne suis pourtant pas vraiment un flippé, je suis serein devant la fin du monde prochaine. Je fume ma clope et je vois venir. D'ailleurs, je suis tellement relax sous ce soleil brûlant et anormal que j'ai envie de me branler. Je me suis couché sur la moquette. J'ai mis une serviette sous moi afin que la laine ne pique pas mon cul. Ma position est des plus confortables, la position de l'éléphant de mer digérant trente kilos de poissons sur une plage. Il y a juste un léger problème, je dois tirer les rideaux si je ne veux pas que les voisins assistent au spectacle. Mais j'ai la flemme de me lever. Je réfléchis deux secondes. Il est trois heures de l'après-midi, en principe les gens travaillent et les jeunes sont à l'école, cela fait un bon nombre de voyeurs en moins, restent les personnes âgées, les mères au foyer et les femmes de ménage. Ce n'est pas si évident de me mater, je suis à l'horizontal, on doit venir me chercher, il faut faire des efforts, se pencher ou se contorsionner, j'évite ainsi les vieux ou alors je les repérerais plus facilement. Les femmes de ménage sont censées bosser et à moins de nettoyer les carreaux, elles n'ont rien à faire près des fenêtres. Seules les mères au foyer peuvent me gêner. Elles ont la possibilité de regarder. Je suis plus intéressant, enfin je l'espère, que l'inspecteur Derrick ou une rediffusion de *Dallas*. Je crois que je vais devoir bouger mon cul et fermer ces putains de rideaux. La paresse est la plus forte. Je fais glisser mon short. Je ne sais pas si c'est la joie de la nudité ou les effets nucléaires d'El Niño, mais je bande aussi sec. C'est une bonne trique qui assimile la chaleur du corps. Je ne me touche pas. Je regarde ma queue, c'est un plaisir rare, on n'a pas souvent l'occasion d'observer son érection en pleine lumière naturelle. Mon sexe est gonflé de sang, le frein est tendu au maximum, en revanche les bourses sont recroquevillées, certains poils prennent une couleur rousse. C'est beau une bite, en tout cas, que je sois objectif ou non, la mienne est belle, oui, j'aime ma bite. Je suis content d'avoir chassé ces dégoûts qu'on m'a inculqués dans l'enfance, on me disait que c'était une chose sale et à planquer absolument. Aujourd'hui, je la montre, je l'offre au dieu astre, j'en fais cadeau aussi aux voisins, enfin pour ceux qui veulent. Je n'ai rien à cacher. Je suis content d'avoir laissé les rideaux à leur place. Je n'ai plus peur des mères au foyer, après tout, elles s'emmerdent souvent dans leurs tâches ménagères, je leur procure un divertissement gratuit, certaines ne paient-elles pas cher pour mater des Chippendales aux longs cheveux et à la démarche mécanique ? Puis moi, je vais plus loin que ces pantins infects, je propose davantage, je vais me branler jusqu'à éjaculer sur mon ventre imberbe. Je ne simulerai pas, j'exhibe mon plaisir de me tripoter à poil et à fond. D'accord je ne suis pas un Chippendale, je ne suis pas aussi musclé et je n'ai pas une gueule de Californien, mais on me dit beau gosse. J'ai vingt-huit ans, je suis châtain blond avec des yeux bleus, j'ai un corps que vingt ans de sport ont dessiné, mais je suis fin, un mètre quatre-vingt-un pour soixante-neuf kilos. J'ai donc une belle bite sans être très grosse, enfin je n'ai pas beaucoup de repères, le seul concours de bites auquel j'ai participé, j'avais quinze ans, je l'ai perdu, je suis arrivé troisième sur cinq. Jamais une fille ne s'en est plainte, je n'ai eu aucune réflexion et je ne crois pas qu'elles se foutent de la taille comme elles disent. Bref, je ne suis pas un monstre, je peux en toute quiétude me masturber à ma fenêtre, personne n'appellera les flics.

J'avoue que j'aime bien me branler, peut-être est-ce préoccupant à mon âge. Je me branle souvent, presque tous les jours bien que je ne vive pas seul. Je suis marié depuis trois ans et demi. Valérie et moi, nous faisons l'amour à peu près au même rythme, quasi quotidiennement, je ne suis pas frustré sur ce plan-là, je ne crois pas, mais cela ne m'empêche pas de me branler. Parfois je commence mes manipulations dès qu'elle a fermé les yeux, trois fois sur quatre je vais jusqu'à la jouissance. Mais je me masturbe plutôt quand je suis seul, j'ai du reste augmenté la cadence depuis que je ne travaille plus, il faut bien passer le temps. Je ne crois pas non plus avoir des fantasmes, pendant que je me caresse, je ne pense à rien, je n'ai pas d'images qui me viennent, ni désirs ni souvenirs. En fait ce n'est pas exact, en réalité je pense, je me masturbe en pensant que je me masturbe, c'est sans doute terriblement narcissique, mais après tout cela ne s'appelle pas l'onanisme pour rien. J'ai lu dans un magazine que les hommes qui se masturbent aussi fréquemment que moi (je crois même que l'article parlait des hommes qui continuent de se branler une fois mariés) sont des êtres qui ne veulent pas grandir, des enfants perpétuels, des types effrayés par l'âge adulte et les responsabilités qui lui incombent, en conclusion ce sont des hommes qui luttent contre la mort. À mon avis, j'ai lu beaucoup trop de conneries ces derniers temps. Entre Armageddon et le continent des hommes-enfants, ma tête vacille. Se branler n'est pas une fuite, c'est avant tout un plaisir, pourquoi ne serait-ce pas complémentaire à une sexualité épanouie avec son épouse ? C'est une femme qui avait publié l'article, c'est quand même scandaleux qu'elle écrive sur la masturbation des mecs, peut-elle comprendre le bonheur que j'ai de décalotter et recalotter mon gland de manière fluide là sous le soleil ? Est-ce que je parle de la masturbation féminine ? Pour me venger, je vais en parler. Je pense qu'une femme qui se branle est plus épanouie qu'une autre, ce n'est pas une femme viscéralement confinée dans l'enfance, au contraire, elle apprend à connaître son corps, penser à soi c'est important dans la sexualité, il ne faut pas avoir peur d'être égoïste, une femme qui ne se branle jamais ou qui ne l'a jamais fait est en revanche une femme-enfant, c'est quelqu'un qui subit sa sexualité. C'est facile d'avoir des avis sur un sujet qu'on ne peut pas connaître, j'avais envie d'écrire à cette gratte-papier et de lui faire part de mes réflexions, j'aurais voulu la convaincre que se branler n'a rien à voir avec l'enfance ou l'âge adulte. Je ne l'ai pas fait, ma réponse c'est de me branler au soleil, l'âme tranquille.

Je ne suis pas pressé. Je prends le temps de savourer mon plaisir. Je me caresse doucement. Je n'ai pas envie de jouir. L'important, c'est de recharger les accus au soleil, me branler est accessoire, j'aurais tout aussi bien pu écouter de la musique. Je m'arrête. Je pense à Valérie. Je me souviens qu'elle a su comme par instinct me branler. Ce n'est pas si évident, chaque homme se branle de façon diverse, les différences sont parfois même gigantesques. Au lycée, on échangeait nos techniques, cela ressemblait à des recettes de cuisine, lorsque j'y repense, on parlait très librement de ces choses, enfin certains dénigraient la branlette, en frimant ils s'inventaient des baises avec la prof de français ou avec des filles de classes supérieures rencontrées à la cantine. Valérie a su trouver naturellement le rythme juste et la pression adéquate. C'est la seule personne avec qui j'ai pu arriver à la jouissance ainsi sans être obligé de reprendre à un moment les choses en main. Ce n'est quand même pas cette adéquation qui m'a fait penser que Valérie était la femme de ma vie, mais dès la première nuit, nombre d'éléments étaient partagés, beaucoup de choses étaient comprises par intuition. Nous nous sommes mariés trois mois après notre rencontre. Le mariage était aussi une évidence. C'est moi qui, un soir au restaurant, en dévorant un délicieux parfait au chocolat, le lui ai proposé en premier. J'ai pris cette initiative non pas parce que c'est à l'homme de demander, à bas ces vieilleries, en fait je lui ai demandé sa main sans avoir réfléchi sur le sujet, au moment où l'idée est apparue dans mon esprit, je me suis exprimé. Elle a ri puis elle a dit oui. Je lui ai demandé pourquoi elle avait ri. Elle m'a répondu qu'elle avait pensé à la même chose mais pendant le plat principal.

Le lendemain, j'ai téléphoné à mes parents pour leur annoncer la nouvelle. Ma mère n'était pas enthousiaste, elle m'a répondu que j'étais trop jeune, que je n'avais pas de situation stable et surtout, Valérie a cinq ans de plus que moi. Je lui ai dit merde et j'ai demandé mon père. Il a été chaleureux, pour la première fois, je l'ai senti heureux. Je ne savais pas qu'il était malade. Il voulait me voir marié et fonder une famille avant de disparaître. Il est mort six mois après le mariage. La succession a été longue. J'ai touché mon héritage l'année dernière. J'ai plusieurs millions de francs en banque. Je ne me sens pas vraiment riche, mais je ne travaille plus. Je galérais trop avant. J'ai été professeur auxiliaire dans un collège, mais je ne supportais plus les gosses, ils m'en faisaient voir de toutes les couleurs. J'ai été comédien, un ami d'enfance est devenu un metteur en scène reconnu et m'avait proposé de rejoindre sa troupe, mais je ne m'entendais plus avec mes partenaires. J'ai fait aussi des petits boulots, des trucs foireux en pagaille, j'ai même posé pour une campagne publicitaire, quelques personnes croisées dans la rue m'en parlent encore. Je n'étais doué pour rien sauf pour être étudiant. J'aimerais avoir un travail, mais je n'ai rien trouvé d'excitant jusqu'à présent. L'argent de mon père ne me fait pas craindre l'avenir. Je peux penser tranquillement aux météorites géantes qui vont nous tomber sur la gueule. Et je peux me branler au milieu de l'après-midi. Quel luxe ! Je suis un privilégié.

J'ai du mal à me branler à nouveau, pas évident après avoir pensé à mon père. Mais j'y arrive, le soleil est doux, difficile de résister. J'attends Valérie. J'ai téléphoné à son bureau, on m'a répondu qu'elle s'était absentée et qu'elle ne devait pas repasser à l'agence. Je ne sais pas où elle est allée. Peut-être voulait-elle profiter en ma compagnie du soleil. Mon héritage me permet de supporter son activité, elle gagne très bien sa vie dans son agence de communication. Je ne suis pas macho, mais je n'aurais pas pu glander autant si je n'apportais pas de mon côté une contribution au budget du ménage, je me sens moins coupable. Je ne suis pas tout à fait libéré de ce complexe, certes je m'occupe, la masturbation n'est pas mon unique activité, je fréquente les bibliothèques, je fais du sport, je vais au cinéma, je vois les expositions, j'ai la responsabilité des courses, mais de son côté Valérie travaille dur, parfois le soir, elle rentre fatiguée et énervée. Je suis rarement fatigué. Seule la télévision à haute dose peut m'énerver. Je prie pour que cette différence entre nous deux n'entame pas la solidité de nos liens. J'ai peur aussi que Valérie ne me soupçonne d'occuper mon temps à la tromper avec d'autres. J'avais une réputation exécrable lorsque je l'ai rencontrée. Nous nous sommes connus au cours de théâtre, elle venait juste d'arriver pour s'ouvrir davantage aux autres, moi, je revenais à l'atelier après avoir suivi trois ans de classe par amitié pour le professeur et surtout pour satisfaire mon appétit de chair fraîche. Il y avait plein de jolies filles et j'étais le chouchou. C'était facile. Mais lorsque j'ai aperçu Valérie, j'ai laissé tomber les coups sans lendemain. Je ne l'ai jamais trompée. J'espère qu'elle me croit.

Je remets mon short. Je suis dans un état étrange. Je suis excité, mais je n'ai pas envie de poursuivre ma masturbation, sans doute un effet pervers de Tchernobyl. C'est Valérie qui m'inquiète. D'habitude, elle m'appelle dès qu'elle change quelque chose à son programme, même pour des trucs futiles. J'essaie de réfléchir à ce qu'elle a pu faire. À l'agence, ils sont actuellement débordés, ils lancent un nouveau parfum, un budget colossal, ce serait étonnant qu'elle se soit absentée pour une chose anodine, puis c'est moi maintenant qui m'occupe des achats ou des obligations diverses, par exemple les billets d'avion, me prendre la tête avec l'administration ou autre joyeuseté. Valérie me fait confiance, elle a tout délégué sur moi. Un problème de santé ? Si elle avait été consulter un médecin, elle m'aurait averti, puis d'ailleurs, ce matin elle était en pleine forme. C'est vrai qu'elle ne me parle jamais de son gynéco. Mais c'est sans doute normal, commun à toutes les épouses. Ma femme prend la pilule, je n'ai pas de surprise à attendre de ce côté-là. Nous n'avons jamais réellement évoqué cette question, je crois qu'elle ne veut pas être mère, elle m'a avoué qu'elle a avorté plusieurs fois quand elle vivait avec Jean-Marc. De plus, elle sait que les enfants me font peur. On s'est dit que les choses se débloqueraient sans doute un jour. Je vérifie si le combiné du téléphone est bien raccroché. Tout fonctionne, elle n'a pas essayé en vain de me joindre. J'ai tort de m'inquiéter à ce point. Et si elle avait un amant ? J'ignore comment je réagirais. Je préfère ne pas y penser. Je crois que je pourrais l'accepter si leur relation reste discrète. Enfin, je ne sais pas. Puis, Valérie est une fille intelligente, elle connaît mes habitudes, je l'appelle souvent au bureau, si elle avait un rendez-vous galant, elle aurait donné une explication crédible à sa secrétaire afin que l'information me soit communiquée. Là, on m'a répondu qu'on ne savait pas où elle était ni ce qu'elle faisait. J'en conclus qu'elle n'a pas un autre mec. C'est un peu tiré par les cheveux. Je me branlais tranquillement et voilà que je commence à me prendre la tête, je frise la pathologie. L'oisiveté est mère de toutes les mauvaises pensées.

J'ai réussi à m'endormir. Le soleil a disparu sans que je m'en rende compte. J'entends du bruit dans la cuisine. Valérie est rentrée. Je me lève pour aller à sa rencontre. Elle boit un grand verre de jus de pamplemousse. Elle me voit. Elle pose le verre. Elle m'embrasse. L'étreinte est si forte qu'elle renouvelle mon inquiétude. Il se passe quelque chose. Valérie approche sa bouche de mon oreille gauche. Elle chuchote :

« Pierre, je suis enceinte ! »

Je ne sais pas quoi répondre. Je comprends que ce n'est pas une plaisanterie. Il faut que je dise quelque chose. Je me dégage de l'étreinte, je prends ses deux mains, je la regarde et je lui dis :

« Merci. »

Je pense que c'est la parole la plus insensée de mon existence. Ce n'est pas du tout ce que je voulais exprimer. Je me trouve con. Je conçois l'étendue de la nouvelle, c'est un sac de problèmes à venir. Valérie est heureuse, elle n'a jamais été aussi belle.

Elle rayonne de l'intérieur. Je regarde son ventre, évidemment on ne voit aucune différence. Je n'ai pas le droit de faire la gueule, je dois sourire, je dois participer à sa joie, il ne faut pas qu'elle sente mes peurs. J'aimerais fuir. J'aimerais même qu'elle me dise que ce n'est pas mon enfant. Je ne voulais pas de descendance, je pensais que c'était le fruit d'un raisonnement, maintenant, à la seconde précise, je comprends que c'est mon corps qui refuse la paternité. J'ai mal. J'ai des sueurs froides qui me coulent le long du dos, le ventre me fait souffrir, j'ai l'impression de subir mille diarrhées, j'aimerais me réfugier aux toilettes. Mais ce n'est qu'une sensation. Je fais des efforts sur moi-même, j'essaie de me contrôler. Je souris. J'embrasse Valérie. Je lui dis que je l'aime. Je lui demande :

« Tu viens de l'apprendre ? Depuis combien de temps es-tu enceinte ?

– Depuis plus d'un mois. C'est merveilleux, depuis le temps que j'en rêvais, je ne croyais plus pouvoir avoir des enfants. »

J'encaisse. Je ferme ma gueule. Elle m'a toujours dit qu'elle prenait la pilule. Elle essayait donc de devenir mère sans que j'en sois informé. Elle m'a menti. Bien sûr, dans d'autres circonstances, ce pourrait être un magnifique mensonge. Elle sait pourtant mes peurs, je lui ai parlé de mon enfance. Mais je ne veux pas gâcher la fête de Valérie. Avec le temps, l'homme s'habitue à tout, même à la souffrance, je finirais sans doute par m'habituer à devenir père. Il ne faut pas que je réagisse sur l'instant. Je dois éloigner toutes les impulsions. On va célébrer cette nouvelle. Je regarde dans le frigo, il n'y a pas de champagne au frais. J'ouvre le placard, il n'y en a pas non plus en réserve.

« Je vais aller acheter du champagne. On ne peut pas passer à côté de l'occasion, surtout que tu n'auras bientôt plus la possibilité de boire de l'alcool. Je descends, mon amour, juste cinq minutes. J'espère que je vais en trouver du déjà frais. »

Je me change en vitesse. Je sors. Je descends l'escalier, c'est comme si je reprenais mon souffle. Cependant, la sueur ne m'a pas quitté. Je me sens bizarre. Je vais au Monoprix. Il n'y a pas de bouteille au frais. Le champagne à température ambiante, c'est dégueulasse. J'ai une idée, je vais demander à William, le barman du Texacos, c'est un copain. C'est à deux pas. Je vais lui dire pourquoi j'ai besoin de champagne, il comprendra, je lui rapporterai une bouteille identique pour sa comptabilité. William saute de joie lorsque je lui annonce la nouvelle. Il a l'air plus heureux que moi, il me fait la même réflexion. Il aime beaucoup Valérie. Il veut m'offrir une coupe avant que je rentre. Je le remercie mais Valérie m'attend. Je sors dans la rue. J'ai une bouffée de chaleur. J'ai la tête qui tourne. Je passe devant la boulangerie. Le rideau de fer est à moitié descendu. J'ai envie d'acheter des petits fours salés. Il est peut-être trop tard. Je me baisse pour entrer dans le magasin. Le boulanger est occupé à retirer les gâteaux des vitrines. Il me voit. Il ne me dit pas un mot. Il me regarde bizarrement. J'ai déjà remarqué qu'il me dévisageait ainsi. Il est en marcel sur un pantalon gris. Il a de la farine partout. Sa femme n'est pas à la caisse, il a l'air seul dans le magasin. Il est aussi large que haut, des épaules carrées, un ventre rebondi, ses cuisses sont massives. Je vois des touffes de poils sortir de ses aisselles. Il est en sueur, lui aussi, c'est vrai que la journée est anormalement chaude. Cela fait au moins une minute que nous nous regardons sans échanger le moindre mot. Il vient vers moi. Il pose une main sur ma braguette, c'est comme s'il soupesait le paquet. Je bande. Je n'arrive pas à bouger, je me laisse faire. Il s'éloigne de moi, j'aimerais pourtant qu'il continue de me caresser. En fait, il s'est dégagé pour aller baisser le rideau, plus personne à présent ne peut venir nous déranger. Il revient vers moi. Je suis toujours aussi pétrifié. Je ne lâche pas ma bouteille de champagne. Il me caresse plus franchement. Il m'enserre entre ses bras puissants, je laisse tomber la bouteille qui ne se casse pas et rebondit à quelques mètres. Sa bouche vient prendre la mienne. Une main se pose sur mon cul, une autre sur ma ceinture. Il la défait, mon pantalon tombe sur mes chevilles. Le boulanger me branle, en même temps il me caresse le cul. L'élastique de mon slip me fait mal. Je le baisse sur mes cuisses. Le boulanger m'imite. Ce n'est pas très confortable. C'est bizarre, je n'avais jamais eu de relations sexuelles dans l'urgence. Je suis mal et excité à la fois, j'ai envie de jouir mais vite, il faut que je me débarrasse de ce trouble. Il s'agenouille pour me sucer. Il ne sait pas comment procéder ou alors sa bouche est minuscule. Je retire ma bite. Il se relève, je l'entends souffler comme un animal. Il me présente sa bite courte mais terriblement dure. Nous nous branlons mutuellement avec l'énergie d'un cheval dopé. Puis il me fait comprendre en appuyant sur mon épaule qu'il voudrait être sucé. Je m'exécute. Je n'ai jamais sucé une bite de ma vie. J'ouvre ma bouche. Je ne pensais pas qu'un sexe puisse être aussi chaud. Le goût n'est pas désagréable. Le boulanger est au bord de la jouissance. Je ne veux pas connaître la saveur du sperme. Je me dégage. Il se branle. Je me branle. Il jouit. Il dirige sa queue pourpre, il vise pour que le jet arrive au sol sur un dépôt de farine. Je fais de même. Nous nous rajustons. Il prononce ses premières paroles :

« C'est bon, comme ça entre mecs ! Quand il fait chaud comme aujourd'hui, ça ne fait pas de mal. Je vous avais déjà remarqués, vous et votre dame. »

J'aurais aimé qu'il fermât sa gueule. Je voudrais lui faire comprendre que ce qui m'arrive ne s'était jamais produit auparavant, mon geste ou mon absence de réactions me dépassent. En tout cas, ce n'est pas une chose naturelle ou explicable comme il le pense. Je voudrais lui dire que je ne vais pas bien aujourd'hui, que je ne suis pas dans mon état normal. Mais je ne dis rien. Je lui demande juste s'il a des petits fours salés. Il me répond qu'il a tout vendu. Je suis vert. Je suis venu pour rien alors. Je ramasse ma bouteille de champagne, j'attends qu'il ouvre le rideau et je me casse. Je rejoins ma femme.

Mardi 18 janvier

J'évite désormais la boulangerie. Je n'ai toujours pas compris ce qui m'est arrivé. Je suis dans une excitation identique. Je ne suis pas redescendu. Je repense au cul du boulanger. Mes doigts se souviennent de la masse et de la fermeté de ce cul. J'ai encore le goût de sa bite dans la bouche. Je me souviens de nos jouissances parallèles. Il m'est impossible de chasser ces images. Je suis agité. J'ai aimé touché sa nuque épaisse. J'aimais le choc de sa poitrine large et de son ventre bombé contre mon torse. J'ai envie de recommencer. Pas avec lui. Avec d'autres mecs du même gabarit. Peut-être comprendrais-je mieux ce qui m'arrive si je recommence ?

Mercredi 19 janvier

Il fait toujours aussi chaud. Je me suis baladé dans les rues. Je n'avais pas de but précis. Je regardais les mecs massifs. J'essayais de noter leurs ressemblances. Je crois qu'ils appartiennent tous à la même fratrie. J'étais à nouveau agité. Je suis rentré et je me suis branlé en pensant à ces hommes costauds croisés dans les rues. Je me suis branlé très fort. J'ai crié au moment de la jouissance. Je n'avais jamais crié en me branlant. Je n'avais jamais fantasmé en me branlant. Je suis en train de devenir un autre.

Jeudi 20 janvier

J'ai longuement regardé un type assis en face de moi dans le métro. Il était sur un strapontin. Il avait une barbe taillée court et des cheveux en brosse. Il devait faire dans les cent kilos. Je ne pouvais pas quitter mes yeux de sa personne. Il a remarqué mon regard et sans doute mon agitation. Il m'a fixé. Puis il s'est levé pour sortir du compartiment. Avant de franchir la porte, il m'a lancé un clin d'œil. Je me suis branlé en pensant à lui. Sa corpulence et ses poils m'ont fait éjaculer.

Vendredi 21 janvier

J'ai erré dans le métro. Je suis descendu à Gare de Lyon. Près des toilettes, j'ai vu un mec gros comme un bœuf. On s'est regardé. J'ai ri en pensant qu'il me faisait un effet bœuf. On s'est branlé dans les toilettes. Il m'a proposé d'aller chez lui. Il m'a longuement sucé puis il m'a bouffé le cul. C'était bon.

Lundi 24 janvier

J'étais mal tout le week-end. Valérie ne m'a pas quitté une seconde. Je me suis enfermé dans la salle de bains après avoir regardé un match de rugby du tournoi des Cinq Nations. Je devais évacuer le désir qu'avaient fait naître les mecs qui poussent en premier dans la mêlée. Je me suis branlé deux fois en dix minutes. Aujourd'hui, j'ai traîné du côté des tennis dans le jardin du Luxembourg. Je me suis souvenu que quand j'étais étudiant, on disait que ça draguait sec par ici. Je me suis fait aborder par des tas de mecs. Je pense que mon trouble était des plus visibles, tout le monde devait penser que j'avais le feu au cul. Un vieux m'a abordé. Il était trapu. Il m'a amené chez lui. Il a voulu m'enculer. Je me suis laissé faire. Je n'ai pas eu mal.

Mardi 22 février

Cela fait plus d'un mois que je me tape des mecs pratiquement tous les jours. Je connais la plupart des lieux de drague. Je rencontre des mecs à la salle de gym. J'ai découvert aussi le Minitel. Depuis peu, je commence à recevoir des mecs à la maison. Valérie ne se doute de rien. Je sais dorénavant un peu plus ce que je cherche. Je ne suis attiré que par une seule catégorie d'hommes. Je n'aime pas les hommes trop grands, un mètre quatre-vingt-cinq est la taille limite. Le style pilier de rugby est l'idéal. J'aime les gueules vastes, les cheveux courts, les nuques épaisses, les petits nez, les yeux légèrement enfoncés, les mentons de fer, les cous courts, les épaules carrées, les dos puissants, les bras trapus et surtout les avant-bras, j'aime que l'avant-bras, le poignet et la main fassent un seul bloc, j'adore les hanches larges, les culs fermes et rebondis, les cuisses massives et les mollets très ronds. Le reste a moins d'importance. Je n'aime pas les mecs gras, mais je peux être attiré par un gros, je préfère un ventre ballonné mais dur à un ventre plat et dessiné. J'adore les baraqués enveloppés qui portent leur gros ventre comme un trophée. J'aime les charpentes naturellement larges et les ossatures lourdes. Je déteste les culturistes. J'aime les costauds de naissance, les colosses de foire, les balèzes de tout poil. Par chance, j'ai l'air ou l'art de leur plaire. Je n'ai pas eu trop de difficultés à séduire ceux qui m'attiraient. L'homosexualité est beaucoup plus répandue qu'on le dit. C'étaient des mecs virils et mariés pour l'ensemble, et comme pour le boulanger, ils ne rechignaient pas à avoir de temps en temps du plaisir avec un mec. J'ai tâté, j'ai branlé, j'ai sucé, j'ai léché, j'ai enculé. Et vice versa.

Pier-Angelo Polver

Ample, armoire à glace, balèze, baraqué, bien charpenté, carré, charnu, colosse, corpulent, costaud, dodu, énorme, épais, épanoui, étoffé, fort, fort des halles, gaillard, gonflé, gros, herculéen, homme de poids, important, imposant, large, lourd, mafflu, mâle, massif, mastard, musclé, nounours, opulent, ossature lourde, pansu, percheron, poilu, puissant, râblé, rebondi, replet, robuste, rond, rugbyman, solide, trapu, vigoureux, viril, volumineux, désir.

Puisque j'habite Paris, je me dis qu'il serait idiot de ne pas profiter des avantages de la capitale. Je sais qu'il existe une vie homosexuelle dans le quartier du Marais. On y trouve de tout, il y en a pour tous les goûts. C'est infiniment pratique. Je ne sais pas si c'est par excès de timidité, mais c'est seulement aujourd'hui que je me décide à y faire une incursion. Ce n'est plus pour jeter un simple coup d'œil. En fait je pars en chasse. Mes réticences venaient sans doute aussi du fait que je vais rencontrer des homos. Je me dis que ce n'est pas la même chose que de coucher avec des mecs croisés dans la rue ou avec le boulanger, que cela diffère des mecs rencontrés sur le Minitel, jusqu'à présent, j'ai baisé avec des hétéros qui cherchaient à évacuer leur trop plein de désirs de mâle, ce n'étaient pas des homos puisqu'ils le cachaient à eux-mêmes et qu'ils ne pouvaient avoir de rapports que dans l'anonymat et la discrétion. J'avais affaire à des types comme moi.

Aujourd'hui, je vais dans le monde. Je vais y faire mon entrée, je ne sais pas quand j'en sortirai. On ne peut pas négliger la loi du marché, toute vie est dictée par les principes de l'économie : la règle de l'offre et la demande. Un boucher va s'approvisionner à Rungis, un fleuriste, un marchand de quatre-saisons, de même. Bien sûr, il y a des filières parallèles, parfois la qualité est meilleure, la saveur retrouvée. Mais le petit commerce a besoin du marché en gros. J'ai une faim insatiable et nouvelle de gros mâles baraqués, il y a sans doute un endroit dans le Marais où je trouverai mon bonheur, il suffit juste de le découvrir. Pour l'instant, les rares cafés que j'ai visités m'ont déçu, je n'ai vu que des ventres plats et lisses. C'était étrange, tous les garçons se ressemblaient, je me suis même demandé comment ils faisaient pour se distinguer. Les vêtements jouaient beaucoup dans cette confusion, les jeans moulants identiques, les tee-shirts semblables, les mêmes grosses pompes. Évidemment si je fréquentais le milieu, je pourrais sans doute me rendre compte des détails qui diffèrent, de ceux qui sont à la pointe de la mode et des ploucs, peut-être une question de longueur, de couleur de bombers, de manches de tricots de corps. Je me suis dit que l'importance des détails vestimentaires avait une valeur ignorée chez les hétéros et que si j'essayais d'imiter ces garçons aux coiffures militaires, d'aller chez les mêmes fournisseurs, je ferais malgré tout une faute de goût. Il faut du temps pour assimiler les codes.

Je ne suis pas resté longtemps dans ces bars, je

ne m'y sentais pas à l'aise, personne ne m'a adressé la parole, mais de toute façon, les gens parlaient peu ou alors je ne comprends pas leur langage. Mais contrairement à moi, ils avaient l'air heureux d'être là et derrière cette apparente défiance ou cette façon de se toiser mutuellement, je sentais une véritable satisfaction. Il y avait très peu de gens de plus de quarante ans et encore moins de gros. Au Box, j'ai demandé au barman qui me souriait depuis dix minutes s'il connaissait un lieu à nounours. Il a paru très étonné et malgré la musique techno assourdissante, il m'a dit que je devrais aller au M&M's. Je lui fis inscrire l'adresse sur mon calepin. Le barman me prit par l'épaule et me cria :

« Pour être beau et en forme, il faut éviter le gras ! »

Je lui répondis tout en gueulant aussi fort :

« On ne t'a jamais dit que le gras c'était ce qu'il y avait de meilleur ? »

On a ri tous les deux et je l'ai embrassé comme un frère. L'éclat de rire faisait mauvais genre dans le bar, tout le monde avait l'air de faire la gueule, peut-être après tout était-ce là un code de séduction.

J'ai enfilé une tenue homo pour aller au M&M's. On m'a dit que c'était un bar plutôt cuir. « Plutôt » était rassurant, je ne m'imaginais pas aller dans un bar hard cuir comme ceux que j'ai vus dans un reportage sur la nuit new-yorkaise, les mecs étaient en cuir des pieds à la tête avec des chaînes, certains avaient des sur-pantalons de cow-boys et le cul à l'air. Enfin, il fallait que je quitte mes tenues B.C.B.G. décontractées habituelles. J'ai aussi fait raccourcir mes cheveux mais sans exagération, pour les hétéros, ils font courts, pour les homos, mi-longs. En faisant mon shopping, j'ai repensé à ma communion solennelle, j'avais peur que mon aube fasse tâche parmi celle de mes copains, je craignais aussi qu'on découvre que je n'étais plus croyant. J'avais décidé depuis peu d'être athée, mais la perspective de renoncer au cadeau de mon père et de décevoir toute la famille montée à Paris m'a fait fermer ma gueule, j'ai dit oui au prêtre en m'étranglant, j'aurais aimé qu'il entende non et qu'il me donne la grâce malgré tout afin d'éviter le scandale. La robe de communion avait été essentielle, grâce à elle j'avais pu entrer dans la peau d'un communiant standard. L'habit fait le moine et le menteur. Pour le M&M's, j'ai décidé d'adopter une tenue de combat et de camouflage : un tee-shirt bleu taille enfant qui souligne ma musculature et fait ressortir ma couleur d'yeux, un jean moulant avec fermeture Éclair (je me suis dit que cela faisait ringard donc un peu trash donc sexe) et des rangers que j'ai achetées d'occasion afin de ne pas passer pour une coiffeuse. Je suis particulièrement fier de mes pompes, jamais auparavant je n'avais pensé m'acheter des chaussures aussi grosses, puis j'avais peur du manque de confort, j'ai l'habitude des Weston. En fait, une fois mises et le jean passé dessus, elles ont l'air fines, elles me donnent des belles jambes et un cul d'enfer, puis j'aime leur côté utilitaire, ce sont mes bottes de trappeur. Je n'ai pas mis de cuir, j'ai voulu fuir le déguisement, il faut déjà que je fasse mienne ma nouvelle tenue. J'ai ri en pensant que c'était ma tenue du soir un peu à la manière de Zorro ou de Batman, avec cet attirail je suis prêt à affronter le mâle. Au petit jour, je la raccrocherai dans la penderie de la chambre de bonne, je ne veux pas que Valérie me pose des questions. Batman, Bitman, ce n'est qu'une affaire de voyelle.

Je trouve facilement le M&M's. Il est un peu à la périphérie du Marais, à quelque distance de la rue des Archives et de la rue Vieille-du-Temple. C'est peut-être un résultat de l'ostracisme du ghetto, ce qui n'est pas jeune, mince, musclé et aimant la techno est rejeté à l'extérieur. Je me dis que la misère n'est pas morte, on a parqué les ours au-delà des projecteurs. Je pense un moment que je n'oserai pas entrer dans le bar. Je fume une cigarette sur le trottoir en ayant l'air d'attendre quelqu'un. Je vois quelques spécimens arriver, effectivement on ne m'a pas trompé : la clientèle est mûre, rondouillarde et poilue. Je compte peu de cuirs mais beaucoup de moustaches et de barbes. Je suis excité. J'essaie de deviner s'il y a comme un nom de code à l'entrée mais non, il suffit de pousser la porte. J'écrase mon mégot, je prends une bonne inspiration et j'entre. Le bar est tout près de la porte. Je commande aussitôt une pression sans me retourner, je distingue à peine les hommes nombreux qui entourent le comptoir. Je prends ma bière, j'ai du mal à sortir de la monnaie de mon jean, j'avais oublié à quel point je l'avais choisi étroit. Je me retourne. Il y a une quantité impressionnante de nounours. Je suis le seul mince avec une folle asiatique perchée sur des talons compensés, l'un des rares à avoir moins de trente ans. J'ai le sentiment que je suis un intrus, un passager clandestin découvert. Je me dis que je suis dans leur univers, un monde de costauds et de gros poilus, qu'il faut que je me tienne à carreau, que je respecte à tout prix une déontologie ignorée. Ma tenue de camouflage est d'un recours insuffisant. Je me contente de sourire et de ne pas baisser les yeux. Je bois ma bière. J'allume une clope. Un nounours me sourit, je lui rends son expression, il vient m'aborder.

« Salut, je m'appelle Jean-Louis, toi ?

– Pierre.

– Tu as un beau sourire, Pierre. Une belle gueule aussi, j'aime bien les beaux mecs. Tu es déjà descendu en bas ?

– Non, qu'est-ce qu'il y a en bas ? Tu sais, c'est la première fois que je viens. »

Il ne me croit pas. Je ne sais pas comment argumenter, puis soudain j'ai une révélation, je vais jouer au provincial en week-end à Paris. Je vais lui dire que je viens de Toulon, non je ne vais pas pouvoir prendre l'accent sans me trahir à un moment ou à un autre, tiens, je vais dire que je suis de Nantes, je connais cette ville, j'y ai passé trois jours il y a cinq ans. Après tout dire que je suis un provincial est plus crédible que de dire la vérité, qu'il y a deux mois je n'avais pas connu d'hommes, que je suis marié et que nous allons avoir un enfant.

« Je t'assure, c'est la première fois. Je suis de Nantes, de passage à Paris.

– Ça alors, je suis Nantais moi aussi. J'habite à Paris depuis quinze ans. Trop difficile de vivre son homosexualité en province. »

Aïe, la galère commence, il va me poser des questions sur Nantes ! Il y a des milliers de villes en France et il a fallu que je lui parle de ses origines ! J'avais raison, il me demande même le nom de ma rue. Je suis sur le point de dire avenue Napoléon, heureusement je me ravise, aucune place, aucun boulevard, aucune rue ne peut porter le nom d'un dictateur, fut-il un des personnages les plus célèbres de l'histoire de France, alors je réponds que j'habite avenue Thiers, je ne sais pas si c'est plus malin. Jean-Louis ne voit pas où se situe l'avenue Thiers. Je lui dis que c'est près des quais de la Loire et je change vite de conversation :

« Tu ne m'as pas dit ce qu'il y avait en bas.

– Oh, rien de très original. On baise entre nous. »

J'avale une gorgée de bière de travers. Je pense à une fosse à ours, j'imagine que c'est un morceau des Enfers, les choses se passent sous terre. Je bande. J'aimerais savoir ce qu'il entend par entre nous : entre consommateurs de ce bar, entre moustachus virils, entre nounours ? Je me dis qu'il ne peut s'agir que d'un monde merveilleux, finalement une échappée du paradis, « entre nous » n'est pas exclusif et discriminatoire, au contraire cela signifie en compagnie de tous ceux qui nous aiment. On est loin des codes esthétiques des rues adjacentes, le rejet est à quelques centaines de mètres. Ici c'est un endroit de calme et de paix. L'amour des costauds poilus de tous bords peut y être célébré. Avec ma tenue de Batman, je ressemble à un enfant de chœur, à un jeune officiant mi-innocent mi-pervers.

« Tu me plais. Tu aimes quoi? »

J'hésite une seconde avant de lui répondre. Est-ce qu'il veut savoir si j'encule, si je me fais enculer, si j'aime les fellations ? Ou bien veut-il savoir ce que je suis venu faire dans ce bar ?

« Comme l'explique ma présence, je suis plutôt branché nounours. Je suis allé dans d'autres bars avant, mais ce n'était pas ce que j'aime. On m'a dit qu'ici, je ne serais pas déçu.

– On t'a bien renseigné. Il y a un autre bar du même genre mais trop sordide. Ici tout le monde est cool, attends, je vais te présenter au patron. »

Jean-Louis fait les présentations. Le propriétaire de l'établissement est velu comme un singe, d'ailleurs il en est très fier puisqu'il sert à boire top-less. Vincent, le patron, m'engueule car je lui ai donné du vous :

« Si on ne se tutoie pas ici, alors où est-ce qu'on peut le faire ? »

Je lui dis de m'excuser en précisant que je suis provincial. Il rigole et m'offre un nouveau demi en signe de bienvenue. Jean-Louis me caresse le ventre. J'ai envie de lui. Il a une tête de moins que moins mais une bonne vingtaine de kilos supplémentaires. Il a dans les cinquante ans, les cheveux poivre et sel rasés, une épaisse moustache. Il n'est pas vraiment gros mais extrêmement trapu avec une brioche de rentier. J'aime sa façon de rentrer sa tête dans ses solides épaules. Il a les gestes brusques d'un bouledogue débordant d'affection. Je remarque ses grosses mains noueuses, ses mains de charpentiers, je ne résiste pas, je le laisse toucher mes cuisses puis mon sexe. J'ai envie de lui, de ses mains, de sa corpulence. Jean-Louis est émouvant.

« Et tu aimes quoi, Pierre ?

– Tout dépend du mec. Je n'ai pas d'*a priori.* »

Pour le mettre en confiance, j'invente une histoire, je lui raconte que j'ai un copain à Nantes depuis quatre ans, un rugbyman, qu'il fait cent quinze kilos, qu'il est poilu même dans le dos. Je veux communiquer mon amour des gros. La mine de Jean-Louis s'assombrit :

« Moi, je suis totalement imberbe. Un jour, un jeune mec m'a dit que je ressemblais à un dindonneau. »

Aussitôt, je pense à une dinde posée dans un plat, les quatre moignons vers le ciel, la panse gonflée et malgré tout ouverte, la peau blanche, la tête coupée, les marrons épars. Je préfère des images d'ours, je laisse Thanksgiving aux familles. L'autre jour j'ai regardé sur le câble un reportage sur les plantigrades, j'étais excité comme un diable. J'ai appris que le plus grand ours de la planète vivait sur l'île de Kodiak, non loin de l'Alaska. Lorsqu'il se dresse sur ses pattes arrière il peut mesurer trois mètres cinquante. Mais je n'aimais pas la collerette blanche des kodiaks, mes préférés étaient les grizzlis des montagnes Rocheuses. J'avoue que je n'ai pas pu m'empêcher de me branler pendant cette diffusion. Ainsi, je préfère imaginer Jean-Louis comme un petit ours de Loire-Atlantique et non comme un dindonneau sous cellophane de chez Leclerc. Il continue de me caresser en me demandant si je veux descendre avec lui. Je lui dis O.K. mais à la fin de ma bière. Il m'embrasse, j'aime sa langue et sa moustache, lorsqu'il se détache de moi, je remarque qu'il a de la mousse de mon Heineken dessus. Il m'avertit de ses goûts :

« Moi, j'aime la bite. J'adore voir, caresser, sucer une jolie bite. Et pas seulement les grosses. Tiens, par exemple, tu vois le mec à côté de l'affiche, eh bien il a une petite bite mais très bien dessinée, j'adore la prendre dans ma bouche de temps en temps. »

Nous quittons le comptoir, Jean-Louis me conduit au sous-sol. Je lui prends la main comme une adolescente le ferait avec son ami avant de monter dans le train fantôme. Avant de descendre, nous avons droit à quelques invectives :

« Alors, Jean-Louis, c'est toi qui disais tout à l'heure que tu n'avais pas de chance aujourd'hui ?

– Dégagez le passage, laissez passer les amoureux ! »

Il ne manque plus que les poignées de riz pour me rappeler ma sortie de l'église avec Valérie. Ma femme est comme moi, athée, mais pour la fête nous avons opté pour une cérémonie religieuse. J'ai du mal à dire non aux prêtres.

Le sous-sol est sombre et bas de plafond. Il y a autant de monde qu'en haut. Jean-Louis me fait visiter. À droite, on trouve une sorte de pissotière mais ce ne sont pas des toilettes, c'est un lieu convivial et d'échanges. Sans doute, dans la nuit, des hommes viennent vider ici leurs vessies rondes de bière sur d'autres hommes amateurs de douches particulières. L'endroit semble pourtant clean. Je me dis que je n'arriverais pas à pisser sur un mec, non pas parce que je trouve cela dégueulasse ou dégradant, mais, quand on me regarde, mon robinet se tarit, par exemple dans les endroits publics, je m'enferme toujours dans les cabinets, je suis incapable de pisser dans un urinoir même si les chiottes sont désertes. C'est dommage, ce serait super de pisser sur une belle barbe rousse assoiffée ! La visite continue. Au centre, il y a une salle de vidéo, deux bancs contre les parois, le film est projeté directement sur le mur. Il y a une dizaine de spectateurs qui fument en silence. Des masses indéfinissables s'agitent mollement. Il est impossible de reconnaître les visages tellement il fait noir. De la même manière, on ne voit pas de visages dans la vidéo, juste un gode entrant dans un trou et ressortant. Sur la gauche, derrière un filet de camouflage, on accède à une backroom ou une dark-room comme le précise Jean-Louis. Je relâche la main de mon guide. J'hésite à franchir le Rubicon, mais Jean-

Louis me jette à l'eau. Il y a là trois mecs qui se tâtent et se branlent. Nous allons dans le coin le plus reculé, Jean-Louis se plaque contre le mur de sorte que je ne vois rien d'autre que lui. Il m'embrasse sacrément bien. Il est très doux, son corps est lisse, c'est mon premier véritable imberbe. Il sort ma queue après quelques difficultés, il n'avait pas compris que je portais un Levi's à fermeture Éclair. Il agite mon sexe, je ne bande pas vraiment ferme. Il comprend instantanément mes désirs, il me suce. Il fait cela à la perfection, mais je ne suis pas au maximum de mon érection. La nouveauté (ma première backroom, mon premier bar à ours, ma première baise en public) agit contre moi. Par ailleurs, la bande son de la vidéo me déconcentre. Jean-Louis se relève et m'embrasse. J'aime qu'on me roule un patin après m'avoir sucé, c'est bon le goût de sa bite par procuration ! Je commence à sentir d'autres mains sur mon corps, une sur l'épaule droite, deux sur les fesses, une sur le crâne, une sur les couilles et peut-être une autre encore. Je me fais l'effet d'une proie. Ma jeunesse, mon corps athlétique, mon insouciance, tout cela est trop tentant pour espérer la tranquillité. Je me retourne, il y a quatre types qui m'entourent. Je suis déçu, deux nounours acceptables mais deux vieux minces et aux yeux pervers. Pourtant je m'abandonne à ces mains anonymes. J'aimerais bien baiser au calme avec mon dindonours, mais je me laisse faire. Je pense que j'aimerais volontiers être avec Jean-Louis sur un lit, peinards à nous sucer. Je me rebiffe. Pour faire fuir les vautours, je m'agenouille et débraguette Jean-Louis. Sa queue n'est ni longue ni courte, ni épaisse ni fine, elle est grosse, tout simplement grosse. J'aime le goût de sa bite. Je me demande si c'est l'absence de poils qui procure une saveur si agréable. Les mains m'ont suivi. Je ne proteste toujours pas. Pourtant j'aimerais être seul avec Jean-Louis, j'ai envie de suces et de pénétrations réciproques dans le confort d'un nid douillet. Au moment où je suis sur le point de lui proposer d'aller chez lui, celui-ci se révolte :

« Mais tu te donnes à tout le monde ! Tu es une salope, une petite traînée ! »

Je suis outré par tant de goujaterie. Premièrement, il sait que je ne connais pas les us et coutumes des backrooms. Deuxièmement, c'est lui qui m'a entraîné dans ce lieu occupé par d'autres personnes. Troisièmement, il n'est pas sans ignorer que mon apparence physique est susceptible de faire des envieux. Et dernièrement, le plus dur à avaler, il devrait se rendre compte que je le désire, lui, et non ces mains inquisitrices et non identifiées. Je me relève d'un bond. J'ai presque envie de le cogner. Je lui réponds sèchement :

« Mec, je ne suis pas une petite salope, je suis simplement poli. »

Il accepte ma défense et se remet à genoux pour effectuer son activité de pompage. Pendant ce temps, une ombre s'est approchée de moi. Je commence à distinguer la personne qui se cache derrière. C'est un sosie de Monsieur Propre, la même boule rasée, une masse musclée et lisse, un anneau dans l'oreille. Il est torse nu. J'ai juste le temps de remarquer la longueur impressionnante de ses tétons avant qu'il ne me saisisse la bouche. Il me roule une pelle délirante. Je ne suis plus qu'une bouche. J'aime le parfum de sa langue, c'est merveilleux tout a bon goût depuis que je suis descendu au sous-sol ! Le baiser ne se termine pas, sa bouche me suit si je tente d'esquiver. De toute façon, ce n'est pas désagréable. Mais je pense à Jean-Louis, comment va-t-il le prendre ? Je l'entends murmurer quelque chose et aussitôt après, j'ai un doigt dans le cul qui me fait mal. Je vérifie que le doigt appartient bien à Jean-Louis. Le salaud, il l'a fait exprès, sans doute pour se venger. Mon pantalon est sur mes chevilles avec mon slip, quant à mon tee-shirt, il a volé je ne sais où. Je pense que c'est dommage, qu'il m'avait fallu faire plusieurs surplus militaires pour trouver un maillot de pompier taille enfant, que ma panoplie de Batman est endommagée. Je ne pense pas que je n'ai rien d'autre à me mettre, que je suis arrivé sans blouson au M&M's, que je vais être obligé de sortir torse nu dans la rue. Non, je pense à ma tenue de Batman, j'espère qu'elle n'est pas sur le sol que je soupçonne trempé de sperme. Jean-Louis, furieux, quitte la pièce, je veux le suivre, mais je suis électrisé par la bouche du musclor. Il m'hypnotise au moyen de sa langue. J'arrive enfin à me détacher et j'entreprends ce que je voulais faire depuis dix minutes : je mate et touche ses tétons. Je suis un naturaliste devant une espèce inconnue. Les tétons sont longs d'au moins deux centimètres et épais comme des frites. Je ne me pose pas de questions, aussitôt je commence à les pincer le plus fort possible. Monsieur Propre apprécie. Pour un homme, ces attributs n'ont que cette fonction : procurer du plaisir par trituration. Je me demande si cet homme est né avec des tétons surdimensionnés et qu'il en profite ou bien si cela résulte d'une pratique soutenue comme les marques indélébiles du vice. Je crois finalement que c'est une problématique semblable à la poule et l'œuf. Je suis content, je peux m'adonner à ma sauvagerie, je pince, je tète, je lèche, je mords, il n'y a aucune limite, il aime tout ce que je lui donne et cela, heureusement, sans réciproque. Il me branle et veut me sucer. Je lui remonte la tête et les pelles repartent de plus belle. En fait, je ne bande plus depuis un moment. J'ai envie de me dégager, de remonter à la surface.

Cela n'a pas été si facile de quitter les lèvres de Monsieur Propre. J'ai été très correct. J'ai fait croire que j'avais beaucoup d'assurance. Je lui ai dit sur un ton spartiate :

« À tout à l'heure, peut-être. »

Il m'a souri. Ouf, il n'a pas été vexé. J'ai retrouvé mon tee-shirt dans le filet de camouflage. Aucune tâche suspecte, je peux l'enfiler de nouveau. Je sors de la backroom, il y a au moins dix spectres qui matent le porno, des boules tenues par un fil sortant d'un cul, décidément, c'est un film sur les éléments humains et non humains. Les dix personnes détournent les yeux de la vidéo et m'observent. Ils m'ont vu avec divers mecs en ombres chinoises. Je marche vers l'escalier sous leurs regards comme si j'étais un dieu du sexe. J'adore faire traîner mes rangers. En fait je titube à moitié, j'ai l'impression d'être ivre alors que je n'ai bu qu'une bière, mais je me sens super bien, oui, terriblement à l'aise. Je suis ivre de mecs. Je me suis donné, je ne m'appartiens plus. Il faut que je recolle les morceaux de moi-même. C'est le désir des mecs et leur appétit qui me font tourner la tête. C'est une sensation forte, agréable, c'est mieux que l'alcool. Jean-Louis est au comptoir. Il boit une bière et fait la gueule. Il me demande si j'ai joui. Je lui réponds que non. Il me demande si je veux redescendre avec lui. Je lui dis une minute, je bois une mousse et je fume une clope, on n'est pas aux pièces, quand même. Je me repose. Je bois. Je fume. Je mate. Des ours superbes me font des clins d'œil ainsi que des baraqués musclés et moustachus. Ils se marrent parce que je suis à moitié à poil, je n'ai pas remonté ma braguette et on aperçoit ma bite. Je me retourne amusé. Je vois des dizaines de casquettes accrochées au plafond. Il y a de tout, des képis, des casquettes de pompiers, des calots, des bérets, beaucoup de couvre-chefs d'uniformes. Je demande au patron ce que veut dire M&M's. Il me répond comme si je lui demandais le prénom de la mère de Jésus :

« Ben, Moustaches and Men, bien sûr ! »

C'est vrai que j'aurais pu le deviner tout seul. Mais je suis déçu par une telle évidence. J'aurais aimé découvrir une formule secrète. Et puis j'aimais bien cette homonymie avec des sucreries pour enfant.

Jean-Louis a disparu. Je descends le chercher dans la backroom. Je ne le trouve pas. En revanche, Monsieur Propre m'attend avec ses bras surdimensionnés. Et tac, il recommence ses aventures buccales. Je me laisse faire, tant pis, je n'avais qu'à pas redescendre. Mon pantalon est à nouveau au niveau de mes chevilles. Les ours débarquent. On me tripote, on me secoue, on me lèche. Je pense au safer-sex. Je sens des bites contre moi, je les repousse mais gentiment. Je n'ai pas envie de sucer et encore moins de me faire mettre. Je ne veux pas de ces bites qui m'arrivent. Je dis non. Je me dis que je ne pourrais pas lutter contre les quatre mecs de cent kilos qui m'enserrent à présent. J'espère qu'ils ne vont pas penser que je joue à la salope qui brûle d'envie de se faire violer. Je ne pourrais pas me défendre et ce n'est pas l'endroit où les gens prennent leurs précautions. Ils risquent de me baiser sans capotes. C'est comme pour le tee-shirt tout à l'heure, je me pose des questions mais pas les bonnes. Pas grave de rentrer chez moi à poil, pas grave de me faire violer par quatre brutes, mais conserver intacte ma tenue de Batman, vérifier s'il y a des capotes sur le sexe des violeurs, voilà les questions importantes ! J'en ai marre de délirer, je me rhabille et remonte au bar. Jean-Louis a déserté les lieux. Finalement ce gros est un peu lourd.

Je retrouve la bière que j'avais laissée sur le comptoir, ça va, elle est encore fraîche. Je me fais aborder par un mec qui n'est pas du tout mon genre. Il m'offre une nouvelle bière. Il est grand avec des cheveux argentés. Ses traits sont réguliers, ses mains longues et bien entretenues, la taille mince, avec son blazer, il fait vieux beau dans les romans-photos. On échange nos prénoms. Je me sens à l'aise avec lui, les rires fusent. C'est étrange, j'ai l'impression que l'on se connaît depuis des années. Nous passons en revue la clientèle du M&M's avec un sens identique du détail. Richard est un complice.

« Si tu venais prendre un verre chez moi ? »

– Il est un peu tard, non ?

– On est samedi, tu ne travailles pas demain quand même ? Je suis un peu en dehors de Paris. Mais si tu veux rester dormir à la maison, il n'y a pas de problème… J'ai aussi une chambre d'ami au cas où… »

J'ai envie de dire oui. Je n'ai rien à craindre, Valérie est partie chez ses parents pour le week-end. C'est comme si je rencontrais un bon vieux copain, nous avons des histoires anciennes à nous raconter.

« D'accord. Je te suis Richard.

– Je suis garé au bout de la rue. Au fait, je préfère te prévenir, je suis bien monté, ça ne te dérange pas ? »

Je dis que non et je deviens rouge. Pour l'instant, il n'y avait rien de sexuel entre Richard et moi. D'ailleurs, il ne correspond pas à mes fantasmes, si je lui ai adressé la parole, ce n'est pas dans l'intention de tirer un coup. Mais il est vrai que nous sommes dans un bar à baise, que la séduction est réduite au strict minimum, que les pudeurs sont clouées à l'entrée. Ce bar est comme un accélérateur spatio-temporel : pas besoin de se connaître pour baiser, trente secondes suffisent, inutile de chercher un coin tranquille, dix marches d'escalier sont assez. Malgré tout, cette intrusion sexuelle dans notre conversation me choque. Pourquoi a-t-il parlé de sa queue et de la taille de celle-ci ? Peut-être est-ce sa façon de ferrer sa proie de peur qu'elle ne s'échappe. J'ai remarqué sur le Minitel que c'était l'une des obsessions premières. Pourtant la plupart du temps, les mecs qui s'étaient présentés ainsi ont trahi sur la marchandise. Richard serait-il un de ses vantards mal dans leur peau ? Puis, cet argument de taille n'entre pas dans ma ligne de compte, si j'aime les gros, je ne traque pas les calibres imposants, je préférerai toujours un beau costaud avec une petite bite à un maigrichon suréquipé. Nous quittons le bar au moment où un superbe ours tout de cuir vêtu entre. Ce dernier fait la bise au patron et au barman, sans doute est-ce un assidu du M&M's. Avant de refermer la porte, je jette un ultime coup d'œil au nouvel arrivant qui m'envoie en retour un magnifique sourire. Je me promets de revenir rapidement faire un tour au M&M's et de profiter des merveilles qu'on y trouve.

La route est longue avant d'arriver. Richard habite une de ces villes nouvelles à la périphérie de Paris. Son appartement se situe dans un immeuble Bofill, une sorte de palais de béton gigantesque entre le délire mussolinien et le roman d'anticipation. Nous montons jusqu'au dernier étage. Le trois pièces est bas de plafond et meublé dans un style minimaliste. La vue sur les autres appartements est en revanche spectaculaire, les lignes de force de l'architecture sont d'une réelle violence, les arêtes acérées, les couleurs sombres. Chacun peut voir ce qui se passe chez son voisin. La cour est selon les termes de l'architecte une agora où quelques jeunes jouent au foot malgré l'heure tardive. Le bruit du ballon cognant les murs résonne dans tout l'immeuble. Je me dis que je n'aimerais pas habiter ici, que si je vivais dans cet appartement, un jour ou l'autre, j'ouvrirais la fenêtre et je sauterais dans le vide. Richard me propose un whisky. J'accepte. Je m'enfonce dans son canapé Roche et Bobois. Nous continuons la conversation entamée dans la voiture. Je suis vraiment à l'aise avec Richard, je lui parle de ma vie sans mentir. C'est le premier homme à qui je raconte que je suis marié, que je vais être bientôt père et que depuis deux mois, je m'envoie des mecs approchant ou dépassant les cent kilos. Le dernier point le fait réagir :

« C'est étrange, tu dois avoir besoin de te sentir protégé, réconforté par des épaules solides. Je pensais que c'était plutôt les hommes mûrs que tu recherchais. Contrairement aux autres bars du Marais, le M&M's est surtout fréquenté par des vieillards comme moi.

– Moi, je pensais que c'était exclusivement une clientèle de nounours.

– Non, pas forcément mais les gros sont les bienvenus. Je crois que le patron est le président des Gays Nounours de France.

– Mais toi qu'est-ce que tu faisais là-bas ?

– J'accompagnais un ami, un solide moustachu. Tu vas rire, je n'aime que les minets. Avant je ne sortais qu'avec des garçons de vingt ans. Aujourd'hui, alors que je vais sur mes cinquante, je peux craquer sur un mec de trente ans. C'est pour moi une révolution.

– Oui, c'est fou comme on peut changer.

– Tout le monde change, l'important c'est ce que l'on devient... Tu penses que tu vas quitter ta femme ?

– Non, cela ne m'est jamais venu à l'idée. C'est comme si je devais vivre quelque chose de très fort avant que tout devienne stable. C'est une phase.

– Chenille ou chrysalide ? En tout cas, vis les choses pleinement. Ne te pose pas trop de questions, vis et pense après. »

Je me sens bien. Pour une fois, j'ai le sentiment d'être écouté. On m'accepte tel que je suis. Je peux avouer mes penchants. C'est seulement maintenant que je ressens le poids que j'avais sur le cœur depuis que tout a basculé. Je ne pouvais communiquer à personne la violence de mes désirs soudains. Je ne pouvais pas parler du plaisir des dos massifs, des nuques épaisses, des gueules viriles, des toisons abondantes, des culs rebondis, des cuisses volumineuses, des grosses mains. Avec Richard, je peux m'exprimer même s'il ne partage pas mes goûts. Je crève l'abcès d'un silence trop longtemps contenu. Je lui parle aussi de ma femme. Je voudrais qu'il comprenne que je l'aime toujours. Mais je vois dans ses yeux qu'il croit surtout que j'essaie de m'en persuader. Puis un ange passe. Richard vient s'asseoir à côté de moi sur le canapé. Je me dis qu'il va falloir qu'on baise. Il sait qu'il n'entre pas dans mes fantasmes, mais il ne sait peut-être pas que je suis aussi restrictif. Il pose une main sur mon genou droit. Son visage s'est rapproché du mien. Je repense à l'altercation dans la backroom. Je m'étais défendu en précisant que j'étais poli. C'est cette même politesse qui va me faire accepter les avances de Richard. Je veux le remercier de m'avoir permis d'épancher mon cœur. Je veux le remercier de sa sympathie. Il est comme un membre de la famille que l'on adore, mais que l'on ne voit qu'à l'occasion des fêtes de fin d'année. L'embrasser c'est le retrouver. Je me laisse faire. Il a passé une main sous mon tee-shirt pour me pincer délicatement les tétons. Il me pousse dans le canapé. Il essaie d'enlever mes chaussures, mais il renonce. Ce n'est pas évident d'enlever des rangers. Je m'y attelle. Une fois l'opération effectuée, Richard m'ôte le pantalon. Je suis en slip. Il se colle contre moi. Je sens un coude contre mon abdomen. En fait c'est son sexe qui pointe à travers son pantalon. Il n'avait pas menti, il a un sexe énorme. Je commence à le toucher à travers l'étoffe. Je suis sidéré par la taille de l'engin, je ne pensais pas qu'une chose pareille pût exister. Lorsqu'il enlève son pantalon, le phénomène se révèle encore plus extraordinaire. Son sexe est absolument énorme, gigantesque, colossal. On dirait un faux, il est d'un rose sucré, parfaitement dessiné et en tout point lisse. Sa bite fait penser à un lingam en marbre. C'est à la fois beau et effrayant et aussi un peu comique. J'ai du mal à le tenir dans une seule main, il est chaud et d'un poids conséquent. Pas une veine ne vient troubler la rotondité admirable. Ma bite semble lilliputienne à côté du monstre. Richard prend ma queue et se met à la branler contre la sienne. Il me dit, sans rire, que j'ai un beau sexe. En fait sa bite pourrait facilement en contenir trois ou quatre comme la mienne. Je veux la goûter. Je me penche pour la lécher, inutile de vouloir la sucer. Bizarrement, le goût est neutre, je me serais attendu à une odeur musquée et à une saveur poivrée. Tandis que je parcours avec ma langue son gland de la taille d'une boule de billard, Richard me caresse le cul. Il veut y introduire un doigt puis deux. Je n'ai pas besoin d'un dessin pour comprendre ce que désire Richard, il veut m'enculer. Même dans la baise, il reste toujours aussi convivial :

« J'aimerais beaucoup te prendre. Tu veux que je sois en toi ? »

Je me retiens d'exploser de rire. Même les savants fous doivent respecter les lois de la physique. Je lui réponds que je n'y tiens pas vraiment et que, dans le cas contraire, je ne vois pas comment il pourrait me pénétrer. Il essaie de m'amadouer, il me dit que la taille n'est pas un problème, que tout est une question de volonté, qu'il n'a jamais fait mal à qui que soit, qu'il est toujours entré sans difficulté, qu'il est très doux, qu'il est patient. Il essaie de me dompter. Je lui dis non, désolé, je ne peux pas. Il le comprend. On se caresse un petit moment puis je jouis. Il se branle au-dessus de mon torse. Je vois son énorme bite prendre encore du volume. Cette bite est irréelle. Le gland devient pourpre, le méat s'ouvre comme une écluse et le sperme déborde. Le flot ne se tarit qu'après une bonne minute, je suis recouvert d'un sperme transparent et jaunâtre. Je suis inondé de sperme. Il faut cette quantité pour ne pas ridiculiser l'engin, pour lui donner une utilité, un grand canal pour une grande crue. Lorsqu'il débande, je vois enfin ses couilles, elles ne sont pas plus grosses que les miennes, je suis déçu. Je demande à Richard d'aller me chercher une serviette s'il ne veut pas que son Roche et Bobois ne soit foutu. Il revient et m'éponge en souriant. J'ai tant de questions à lui poser :

« Quand as-tu compris que la nature t'avait fait un tel cadeau ?

– Oh, très jeune, tu sais. Je vivais dans un petit village dans l'Hérault. Avec les autres gamins, on faisait un peu touche-pipi. Tout le monde se moquait de moi. On m'appelait le bourricot. Pourtant, c'est après qu'elle a commencé à grossir.

– Est-ce que ça t'a influencé dans ta sexualité ? Tu es devenu homo parce qu'il y avait plus d'amateurs ?

– Non, pas du tout, j'ai toujours été attiré par les garçons. Mais j'étais très timide. C'est quand je suis monté à Paris vers vingt-cinq ans que j'ai commencé à avoir des aventures. Tu ne vas pas me croire, mais pendant des années, je n'ai fréquenté que des prostitués.

– Pourquoi ?

– J'aimais les mecs très jeunes et efféminés. Mon style c'est un peu les garçons coiffeurs. Alors je traînais dans les jardins du Trocadéro ou rue Saint-Anne. Je me disais que pour avoir des garçons de vingt ans, il fallait payer.

– Est-ce que tu aurais préféré avoir une bite plus petite ?

– Évidemment oui. J'aime surtout pénétrer. Je ne peux le faire qu'avec des mecs qui en ont très envie. Certains m'ont quitté à cause de ma bite, d'autres ne restaient avec moi que pour elle et c'est moi qui les ai largués.

– J'ai remarqué dans la backroom du M&M's que les mecs étaient plutôt bien montés.

– C'est normal, ceux qui pratiquent le sexe intense et les boîtes à baise sont comme ça, les autres se cachent ou se mettent en retrait, quelques mètres derrière.

– Mais te rends-tu compte que tu aurais pu devenir une star du porno, un modèle, je ne sais pas, un dieu pour une partie de l'humanité ?

– Je ne tiens pas à être un phénomène de foire. J'ai beaucoup souffert d'être ainsi. Je ne déconne pas.

J'ai avant tout un grand cœur. Heureusement, des garçons m'ont aimé tel quel. »

Pendant que je lui posais ces questions, je tenais son sexe ramolli dans la main. Il n'y a aucune fausse pudeur entre nous, je lui ai parlé de mes gros, il me parle de sa queue. J'ai du mal à croire qu'il pénètre des jeunes mecs, mais après tout, il y en a bien qui se font fister. Je suis sûr qu'il les écartèle en douceur, qu'il les emplit tendrement. Richard est un type bien. Nous allons dormir dans sa chambre. Nous nous glissons tout nus dans les draps. Je me mets en chien de fusil. Richard se colle contre moi. Je sens comme un boa se lover entre mes cuisses. Je me dis que je n'aimerais pas avoir un sexe pareil. Richard éteint la lumière. Je m'endors.

J'ai réussi à dénicher un serveur Minitel fréquenté par des gros. C'est un maigrichon sur un autre réseau qui m'a aiguillé sur celui-ci. J'avais mis comme CV : « Beau mec 28 ans cherche gros baraqué viril. » Personne ne m'avait répondu ou alors des types qui ne correspondaient pas à ma recherche. « Petite passive salope », le maigrichon, m'avait bombardé de questions. Il voulait partager avec moi des tuyaux. Lui aussi était attiré par les balèzes. Il souhaitait connaître mes aventures les plus marquantes avec des « kostos ». En échange, il me livrerait des adresses. Au début, il me gonflait et je lui envoyais des « byes » à répétition. Puis, son insistance a fini par m'intriguer. Après tout, je ne pouvais négliger aucune piste. La plupart de ses histoires sentaient le bidon à plein nez. Sans doute, un adepte de la branlette devant l'écran, le fantasme agitant les mains, la gauche sur le clavier et la droite entourant la queue. Mais il termina la conversation en me donnant l'adresse d'un sauna à nounours à Vincennes et le code d'un réseau spécialisé.

« Merci pour tes conseils. Bonne chasse. B.

– O.K. Mais tu ne veux pas défoncer une belle salope même mince. Poilu ? Tbm ? Mon tél ******. »

Il y en a qui ne renoncent pas facilement. Je déouvre avec naïveté, sans doute, que des affamés occupent les 36-15. Des mecs qui sont prêts à tout pour tirer un coup, même à être déçus, à être trompés sur la marchandise. Comme si cela faisait partie du contrat. Ils cherchent un type précis de plan et de personnes mais en fin de compte, ils se feraient sauter par n'importe quoi, par n'importe quel monstre, scrofuleux, répugnant, à petite bite, sans âge et dégueulasse. Ou alors, c'est cela même qu'ils recherchent, sans se l'avouer, la perdition, l'anéantissement, la déchéance totale. L'envie de devenir une salope intégrale, la dernière des dernières. Celle à qui on peut jeter la pierre sans état d'âme aucun. Il y a quelques semaines encore, j'ignorais cette vie-là. On m'avait caché cette réalité. Aujourd'hui, je la prends de plein fouet. Ne suis-je pas devenu l'un de ces mecs affamés, l'un de ces drogués du sexe ? J'ai toujours pensé que je pouvais m'arrêter de fumer du jour au lendemain. Je tirerai sur la dernière cigarette, la fumerai jusqu'à me brûler le bout des doigts puis lentement j'écraserai le paquet. Je crois encore qu'il suffit de dire stop. Pourtant, je ne l'ai jamais fait. Et le tabac me dégoûte de plus en plus. Je ne supporte plus l'odeur âcre qui se dégage de mes vêtements, de ma peau peut-être.

Derrière le tabac, il y a la nicotine, le nocif, la drogue, la dépendance. Mais derrière le sexe qu'y a-t-il ? Le plaisir serait-il le seul élément toxïcodépendant ? Je ne peux plus renoncer à ma quête. Je cherche. Je poursuis. Penser à ma femme et au bébé qui va naître ne suffit pas à me faire décrocher. Je suis en manque et j'ignore l'objet de ce manque. Je cherche toujours. Je poursuis. Mais suis-je une victime parce que je pense que c'est plus fort que moi ?

Le réseau que m'a filé l'allumé du cul semble assez doté en spécimens intéressants. Beaucoup de quatre-vingt-dix kilos et plus. Tout d'abord il me faut élaborer une carte de visite affriolante. Dans mes premiers essais, je me décrivais tel quel : « Jeune mec belle gueule 28 ans 181 69 athlétique blond yeux bleus peu poilu sympa bi viril. » J'ai compris par la suite qu'il valait mieux donner une autre idée de moi. Ou l'on me prenait pour un mythomane ou bien l'on me demandait mes tarifs. Le pire, c'étaient ceux qui ne me croyaient pas mais qui cependant me demandaient de donner d'autres détails physiques. Certains exigeaient même la plus grande précision : « Poilu où ? Longueur de cheveux ? Taille des pieds ? Articulations très fines ? Etc. » Et quasi invariablement : « Monté comment ? » N'ayant eu que peu de repères jusqu'à un passé récent, je répondais : « Queue normale, belles couilles. » J'ai compris que, sur le réseau, préciser « normal » était des plus suspects. Queue normale signifie petite queue. Or maintenant, après comparaison, ce que j'estimais dans la norme est en fait supérieur à la moyenne. Mais la trinité « bg bf bm » à laquelle peut s'ajouter « bq » est la matière aux doutes les plus vifs. Je ne peux pas être ainsi, sinon que ferais-je sur le réseau à frayer avec des murs bedonnants ? Comme dans la vie, il a fallu apprendre à mentir ou tout au moins, à rentrer dans le rang, à arrondir les angles, à dissimuler ses richesses. Dans mon inconscience première, lorsqu'un interlocuteur voulait que je lui donne une idée précise de mon physique, je lui demandais s'il se souvenait de la publicité d'il y a quelques années pour Dior. La plupart du temps, celui-là raccrochait pensant que je me foutais de sa gueule. Ainsi mon CV est devenu banal : « Mec 28 ans mignon 181 69 Paris. » Avec cette description anodine, j'ai beaucoup plus de succès, je rentre dans la ligne, je deviens un habitué. Mignon qui signifie : « Pas moche sans plus », reste très attirant. Du miel à ours d'autant plus que je précise mes goûts : « Cherche homme baraqué viril très costo de préférence. »

Les contacts affluent. Il faut trier. Tout va trop vite. J'ai à peine le temps de répondre qu'il y a déjà deux messages en attente. Tout se mélange. Je ne sais plus qui est qui et si je demande à la personne de se décrire à nouveau, elle va se vexer. Alors je suis mon instinct. Le ton des réponses influe sur mon choix. Avec le temps, j'ai compris que ceux qui parlent le moins et souvent de façon très abrégée sont les plus chauds voire les plus vicieux tandis que ceux qui tapent un roman en bon français sont les plus sympas, les plus cools et souvent très câlins. Je prends rendez-vous avec un certain Michel. Maintenant j'ai réussi à déchiffrer les différents paramètres. Baraqué musclé (presque toujours écrit avec deux r comme barrique) veut dire carré enveloppé, petit trapu (rarement avec un seul p) = moins d'un mètre soixante-dix, larges épaules avec brioche, costo viril = gros et poilu, nounours = gras et poilu, enfin gros = obèse. Si les tailles et les toisons sont en règle générale exactes, les poids sont des plus fantaisistes. Il convient de rajouter systématiquement entre dix et vingt kilos. Inutile de leur envoyer un appel à la vérité, de leur signifier que la quantité ne me fait pas peur, la dissimulation est de mise. Imaginent-ils que je ne vais pas m'en rendre compte ? Que je serai assez poli pour ne pas faire de remarque sur leur mensonge pondéral ?

Je sais bien que sur le Minitel, j'ai une chance infime de tomber sur mon idéal masculin, mais la rencontre est possible. D'une part, parce qu'il y a de nombreux hommes mariés qui utilisent le réseau comme le seul moyen de faire connaissance et d'autre part, c'est l'arme des complexés, de ceux qui n'osent pas aller dans les lieux de drague. Je ne recherche pas les canons habituels, les standards homosexuels. Je suis contre le body fascism du Marais : jeune, musclé et imberbe. Et pourtant, si ce n'est d'avoir les cheveux mi-longs, je corresponds malgré moi à ces critères. Mais je ne suis pas attiré par mes semblables. L'idée me donnerait même envie de vomir.

De la même manière, je ne pourrais jamais faire l'amour avec une femme obèse. Physiquement, j'aime les femmes minces, délicates, fragiles, aux formes très féminines. Et j'aime les forces de la nature, les costauds poilus, les gros mâles virils. Suis-je donc un véritable bisexuel, puisque je hais tout ce qui est androgyne ? Il me faut le plus. Les caractéristiques les plus viriles et les plus féminines sont nécessaires au déclenchement de mon désir. Suis-je un vrai bisexuel ? Je crois surtout que je ne sais plus qui je suis. Tout mon être est dorénavant tourné vers la satisfaction d'une pulsion dévorante. J'ai besoin de rencontrer des hommes. Et de baiser avec eux. Avec le Minitel, c'est devenu facile. Valérie ne rentre jamais avant dix-neuf heures. Je peux donc recevoir chez moi dès midi. Je fais simplement attention aux horaires de la femme de ménage. Si elle me surprend, je suis certain qu'elle ira tout raconter à ma femme. Elle ne m'aime pas, d'autant plus depuis que je lui ai notifié qu'elle n'allait pas dans tous les coins avec sa serpillière. Dans ses yeux, j'ai vu de la haine, je n'aurais pas dû me mêler de son business, elle va chercher à se venger, c'est couru d'avance. C'est à moi de veiller à tout remettre en place après le passage d'un homme. En fait, c'est une habitude qu'on prend très vite.

Parfois je me suis envoyé trois mecs dans la journée. Ce n'est pas si difficile quand on ne travaille pas. Trois quintaux par jour, combien cela fait-il de tonnes par moi ? Aujourd'hui, j'ai donc pris rendez-vous avec un Michel. Au départ, il ne me branchait pas particulièrement. C'est un gros nounours. C'était son pseudo, il faut donc que je m'attende à recevoir un obèse velu. Mais sa conversation était charmante. De longues phrases bien construites sans employer de mots abrégés même pour les plus courants. D'ailleurs, il m'avoua par la suite être professeur de français. Le salaud, il avait su m'exciter :

« Je suis très câlin et très buccal. J'apprécie surtout faire des feuilles de roses profondes.

– Miam ! J'adore me fre bffer cul lgtemps. Réel nounours gourmand ?

– Oh oui… insatiable ! Si tu aimes ça, n'hésite pas une seconde.

– O.K. Look rugby lourd ou gros nounours ?

– Gros, assez enveloppé. Mais belle gueule d'ours, barbe très courte et douce. »

Je ne peux m'empêcher de faire à chaque fois cette demande ridicule : « Look rugby lourd ou gros ? » Trois fois sur quatre, on me répond look rugby alors que les types que je reçois chez moi n'ont jamais cette physionomie. Le pilier massif, l'objet de mes rêves, est peut-être le fruit d'une constitution naturelle mais résulte surtout d'un entraînement intensif. Mes contacts sont souvent des mecs énormes, pas sportifs le moins du monde. Bien sûr, s'il y a eu quelques vrais monstres qui ont débarqué chez moi, beaucoup de gros m'ont plu. Un mec très rond de cent trente kilos qui les porte bien peut être très excitant. Tout dépend de son attitude. De son envie d'être à l'aise avec son corps. C'est pourquoi, le fait que Michel soit particulièrement gros ne me dérange pas. Il vient me donner du plaisir et je lui en suis très reconnaissant. Lui aussi, il va prendre son pied. Le monde n'est-il pas merveilleusement fait ? Donne, prend, donner, prendre,... la joie dans l'échange.

Il me reste une demi-heure avant son arrivée. Je prépare l'alcôve. On va baiser dans la chambre de mon futur fils. Je me suis rendu compte qu'il m'était impossible de tirer un coup dans notre chambre. Je ne sais pas si c'est la honte ou l'excès de prudence qui veut ça. Je me sens moins coupable si rien ne se passe sur le grand lit. J'avais le même problème quand j'étais adolescent. Je ne voulais jamais coucher avec une fille dans le lit de mes parents quand ils étaient en week-end. Alors, on se retrouvait dans mon petit lit de quatre-vingts centimètres de large. Christine, je me souviens, m'avait fait une scène de tous les diables. Elle disait que j'étais un attardé, un peureux, un demi-puceau. J'avais beau lui répondre que je ne pouvais pas imaginer bander dans le lit des vieux, elle n'avait pas voulu que je la touche dans ma chambre. En insistant, je l'avais prise dans la salle de bains, le lendemain matin. Mais elle me largua juste après. Je ne sais pas si c'était elle, mais dans les jours qui suivirent, une voix féminine téléphona à ma mère pour lui demander si celle-ci n'avait pas retrouvé une petite culotte au fond de son lit. Le lit matrimonial me semble sacré. Je ne suis pas Italien pour rien. J'ai trop de respect pour Valérie pour pouvoir emmener quelqu'un dans son lit. En revanche, je ne me sens pas coupable de baiser dans n'importe quelle pièce de notre appartement. Puis, après tout, c'est plus pratique et plus discret. Et moins intime. Nous gardons, pour les invités qui souhaitent dormir à la maison, un matelas de taille moyenne. La plupart du temps, pour gagner de l'espace, le matelas est posé à la verticale contre le mur de la buanderie. Je vais le chercher. Je le prends et le pose dans la pièce destinée à l'enfant. C'était mon bureau avant. Il ne reste plus aucun meuble. Les murs ont été peints d'un orange pastel. Une moquette gris clair a été posée récemment. La couleur me semble idéale pour des tâches de sperme éventuelles. Elles ne se remarqueront pas. La moquette est très douce et non abrasive. On ne risque pas de se blesser aux genoux. L'important dans un baisodrome, même improvisé, c'est de penser au confort. C'est aussi une pièce très confortable pour le bébé. Elle donne sur une cour calme et lumineuse. Elle est aussi particulièrement biscornue. J'ai compté sept pans de murs. Le regard de bébé aura de quoi se promener.

Je me lave le cul. En fait, je me relave le cul. Je veux m'assurer qu'il est bien propre. Je ris en pensant que le cul, c'est comme une laitue. Il faut bien nettoyer et bien sécher. Michel aurait dû déjà arriver. Serait-ce un lapin ? Je ris en pensant que les lapins adorent la laitue. Je crois que c'est l'idée de me faire bouffer le cul qui me rend hilare. Un rien me fait rire, dans l'état actuel, même ma mère me ferait rire.

Je baigne dans l'euphorie. Je vais me faire bouffer le cul ! De surcroît, je vais me faire bouffer par un gros nounours gourmand. J'ai envie de me relaver le cul, mais l'idée que je suis au bord du trouble obsessionnel compulsif me fait rebrousser chemin. Du reste, la dernière fois qu'un gros m'a léché la raie, il m'a reproché la propreté de mon séant. Tout en écartant mes fesses, il disait :

« C'est dommage, tu as le cul qui sent trop le savon. Rien ne vaut l'odeur du cul. Attention, je ne parle pas de l'odeur de la merde, mais de l'odeur du cul! Le cul secrète une odeur qui lui est propre. Moi, j'adore. Je suis très sensible de l'odorat. J'aime aussi le goût de la raie. Tu me prends pour un cinglé sans doute. Ça te dérange si j'enfonce un doigt pour découvrir ta saveur ? »

J'ai changé de position, je ne voulais plus lui offrir mon cul. J'étais rouge. L'idée que mon cul était trop propre me procurait la même gêne que si on m'avait dit qu'il était dégueulasse. On s'est branlé et je l'ai raccompagné à la porte sans prononcer la moindre parole. Puis, j'ai pris un bain pour me débarrasser de toute la salive qu'il avait répandue sur mon cul.

On sonne. Je vais ouvrir. C'est Michel. Il est encore plus gros que je ne le pensais.

« Mais tu es magnifique. Tu es très beau.

– Merci. »

Je ne sais jamais quoi répondre. J'ai droit à ces compliments dès que j'ouvre la porte. Pourtant, je n'avais pas dit que j'étais moche. Je me suis décris tel quel. Il faut croire qu'il n'y a que des affabulateurs sur le réseau ou alors peu de beaux mecs. Je me fais l'effet parfois d'une salope. Peut-être que je reçois ces hommes qui seraient rejetés dans un quelconque bar du Marais uniquement pour entendre ces compliments. Mais je ne suis pas une salope, ma beauté, je la leur donne, tenez, allez-y, elle est pour vous. Jamais, je n'ai pu dire non à un mec qui s'est déplacé chez moi, même s'il ne correspondait pas du tout à sa description initiale. Je suis un mec correct. Je suis un gentleman. Et puis je ne peux pas refuser de donner ma beauté sous prétexte qu'ils sont moches. J'aurais l'impression d'être un nazi. Dans À *nos amours*, Sandrine Bonnaire répondait à un mec qui venait de la sauter et qui lui avait dit « *Thanks a lot* » : « Y a pas de quoi, c'est gratuit ! » Cette phrase m'a toujours hanté et aujourd'hui, je la comprends.

« Excuse-moi, je suis en retard. Mais je suis allé aux Halles me faire couper les cheveux. Il n'y a que là qu'ils réussissent des brosses parfaites et comme tu m'as dit que le look rugby te faisait craquer…

– Oui, tu as bien fait, j'adore le style hérisson. »

Je lui passe la main dans les cheveux et je bande très ferme instantanément. Il est gros, mais il a une gueule adorable : carrée, un petit nez, une grosse bouche ourlée, des petites oreilles rondes, une nuque massive avec un seul pli horizontal, les cheveux noirs plantés comme des aiguilles et une barbe courte taillée avec beaucoup de soin. Un vrai nounours avec des petites lunettes rondes d'intellectuel. J'espère qu'il n'est pas trop myope. Je veux qu'il se régale à ma vue quand il me léchera le cul. Je veux lui donner du bon spectacle. Je lui propose un verre d'eau.

« Merci mais j'ai ma bouteille. Lécher me donne très soif, alors je vais la garder près de moi. Au fait, tu n'es pas trop déçu, je ne suis pas vraiment un Adonis.

– Arrête de déconner, j'aime les *bears*.

– Je connaissais un beau mec comme toi qui avait tes goûts. Malheureusement, il est mort… Au fait, ce n'est pas toi qui posais pour cette pub de Dior ?

– Bien joué. Tiens, tu as l'affiche là dans le couloir. En fait, le photographe était un bon copain, je ne suis pas mannequin.

– Et tu fais quoi dans la vie ?

– Je chasse l'ours et la feuille de rose. »

Il est habillé comme un plouc : une chemise bariolée violette, un pantalon à pinces anthracite avec des Méphisto. Les nounours ne devraient porter que des pantalons de velours à grosses côtes avec des bretelles de cuir et des chemises à carreaux imposants. J'aime ce côté terroir-bûcheron. Heureusement son parfum est discret bien qu'il en ait mis une dose importante. Il me demande une serviette. Cette requête donne un air d'examen médical. Cela m'excite encore plus. Je ne trouve dans l'armoire qu'un drap de plage. Michel préférerait un linge plus petit mais désolé, je ne trouve rien d'autre. Il s'approche de moi. Il me roule un patin incroyable. Ces lèvres ont entouré ma bouche pourtant ouverte. Sa langue fouille mon palais, entortille ma langue puis s'aventure jusqu'à la glotte. Mon Dieu, j'ai affaire avec un cannibale. Il va me dévorer, j'en suis sûr. Mais je ne le laisse pas continuer. Je réplique. J'inverse les rôles et lui enfonce ma langue dans le gosier. Je caresse sa nuque. Elle est parfaite pour mes doigts. J'aime le contact des cheveux qui se hérissent. J'ai l'impression d'effleurer des milliers de piquants. Pourtant, tout cela est doux. Sa barbe me chatouille agréablement les joues. D'ordinaire, je ne suis pas contre les préliminaires, mais cette fois-ci je cherche à abréger. Je brûle d'être bouffé. Mon cul se détend et se contracte. J'ai besoin de sa langue. Et puis, il faut respecter le programme. Je commence à me déshabiller. Il m'arrête.

« Laisse-moi te dévêtir. Je veux te voir. Je veux te contempler. Es-tu pressé ? Je veux profiter de toi pendant des heures. »

En deux-trois mouvements, je me retrouve en slip. Ses yeux s'attardent sur des points précis. Il a conservé ses lunettes pour ne rien perdre du panorama. J'entends sa respiration s'accélérer. Je lui fais plaisir. Il apprécie.

« Tu es absolument superbe. Je vais me régaler. Est-ce que je pourrai passer ma langue sur tout ton corps ?

– Non. Cul, couilles, queue. Tu m'excuseras, je suis chatouilleux à l'extrême. »

J'ai menti. Je ne suis pas du tout sensible aux guili-guili. Môme, j'étais le champion pour résister aux attaques de mes camarades de classe. Je ne riais jamais sous la torture. Je veux simplement me faire bouffer la raie et le sexe. Je veux un plan cul très précis. Michel ne correspond pas à mes critères physiques pour une longue séance de câlins, encore moins pour des échanges. Je ne ferai rien d'autre que d'offrir mon cul à sa langue. Respectons le programme. Mais il peut me pomper s'il le souhaite.

« D'accord, de toute façon, c'est ce que je préfère. As-tu des coussins ? Ce serait bien pour te surélever sur le lit. »

Je m'exécute. Je vais chercher des coussins. Quand je reviens dans la pièce, Michel s'est déshabillé. Il a le corps d'une baleine blanche échouée depuis plusieurs jours sur un banc de sable. Rond et gras. La peau crémeuse. Ses seins pendouillent. Des touffes de poils disparates parsèment le cuir. Ses jambes sont fines et un peu cagneuses. Sa panse est énorme. je préfère ne pas regarder son cul dans la glace posée contre le mur. Il est très laid, mais sa gueule m'excite. Il me fait allonger sur le lit, le dos contre le matelas. Il pose sous mes reins les deux oreillers. Je suis cambré à la limite du supportable. Mais il relâche la tension en soulevant mes jambes. Il est vautré sur la moquette. Je ne vois plus de lui que le sommet de son crâne. Maintenant, il enlève mon slip en le tenant par les incisives. Il a du mal, mais il y arrive quand même. Puis soudain, il me balance un grand coup de langue entre les jambes. De la naissance du cul jusqu'à la base des couilles. Il relève la tête et je constate que ses yeux sont clos. Il vient de me lécher à l'aveugle. Il voulait que le premier contact avec mon cul soit buccal. Il prend une inspiration profonde et rouvre les yeux. C'est l'heure du lèche-vitrine. Il regarde, il examine, il inspecte. Seuls les yeux sont en mouvement. Il écarte mon cul de ses pognes afin de mieux percevoir la réalité de mon trou. Enfin, il semble renaître à la vie :

« Sublime ! Tu ne peux pas savoir comme c'est beau ! Je vais me régaler. J'espère que tu n'es pas pressé. »

Je lui souris, touché par la grâce du compliment. Seules les choses vraiment ressenties font plaisir, la sincérité seule peut émouvoir. Je suis heureux de posséder un cul qui peut susciter une joie semblable à celle de Michel. Je suis heureux de l'offrir. Trop longtemps mon cul n'a servi qu'à chier, aujourd'hui il procure du bonheur. Un bonheur qui se partage. Ces dernières réflexions débouchent rapidement sur un fou rire. Oui, impossible de résister, je me tords de rire.

« Mon Dieu, c'est vrai que tu es chatouilleux, je te frôle à peine.

– Non, ça n'a rien à voir. Je pensais à quelque chose de comique. »

Il se sent rassuré. Alors, il commence son travail de sape. Des petits coups de langue précis succèdent à une langue de bœuf humidifiant l'intégralité de ma raie. Aucun mouvement ne ressemble à l'autre. Il peut s'attarder comme virevolter. Parfois la bouche entière se plaque contre mon trou. Parfois il souffle un air chaud sur mes couilles. Heureusement, cela ne ressemble pas à une technique apprise par cœur et récitée à l'infini. Sinon, je le sentirais. Mon plaisir ne serait pas aussi fort. Tout part d'une inspiration frénétique. Avec fierté, j'imagine que c'est mon cul qui lui donne cette invention, cette créativité. J'ai de plus en plus de mal à me contrôler. Le plaisir est trop intense. Sa gourmandise est sans fond. Il lèche et relèche. Admire et relèche. Caresse et relèche. Embrasse et relèche. Je suis au bord de la jouissance. Pourtant, je m'interdis de toucher ma queue. Mais j'ai l'impression que je vais lâcher ma semence comme ça, sans me branler. Par chance, il y a des breaks qui me calment un peu. L'ours a besoin de boire. Lécher avec cette intensité déshydrate. Alors il ouvre la bouteille qu'il a apportée et s'abreuve. Puis il revient à la charge. Je sens la fraîcheur nouvelle de sa bouche. En fait, il a gardé un peu d'eau pour mon cul. Il le désaltère. Il me donne à boire à sa façon. Il dépose dans mon orifice quelques gouttes. Comme une becquée. Mon cul est un oiseau. Un oiseau prêt à s'envoler. Je commence à comprendre qu'il ne s'occupe pas de moi mais de mon cul. Je ne suis plus qu'un cul. Ou plutôt, pour être exact, je n'ai plus qu'un cul. Il y a maintenant mon cul et moi. Cette pensée bizarrement ne me fait pas rire. Au contraire, j'ai une soudaine bouffée d'angoisse. Il faut que cela s'arrête. Il faut que je trouve un moyen de bouleverser cet état de choses.

« Je voudrais changer de position, je fatigue. Puis,

occupe-toi de ma bite ! Suce-moi, nounours et bouffe mes couilles ! »

Enfin, il a compris que j'existais. Je suis étonné par la crudité de mes propos. Pourquoi lui ai-je donné des ordres ? Peut-être pour passer de l'état d'objet à celui de sujet, mais ce n'est pas certain. Je me sens mieux. Ma queue reste toujours aussi ferme. Je suis debout maintenant. Michel est à genoux. Je comprends pourquoi il m'a demandé une serviette tout à l'heure. Sa queue suinte. Un véritable robinet qui fuit. J'ai rarement vu un sexe aussi immonde. Minuscule, à moitié flasque, couleur parchemin. En plus, il suinte. C'est sans doute à cause de son phimosis. Sa bite se termine en pointe entièrement recouverte de peau. La serviette sert à éponger cet écoulement permanent. Évidemment, la taille du drap de plage n'est pas indiquée pour cet usage. Il a l'air d'un gros con à essuyer sa queue microscopique avec un tissu de deux mètres cinquante sur un mètre vingt. De toute façon, son corps ne m'intéresse pas. Il n'y a que son visage qui compte, sa gueule magnifique d'ours glouton. Je n'ai même pas le moindre sentiment de pitié envers l'anomalie de la nature qui l'afflige. Après tout, s'il n'avait pas cet appendice minable, malade et répugnant, incapable de se redresser, il ne se serait pas consacré à bouffer des culs, pour mon plus grand plaisir et pour le sien. Non, le monde n'est pas si mal foutu !

Le salaud, il est aussi doué pour la bite que pour le cul ! Il a avalé mon sexe jusqu'à la base. Je sens sa gorge se refermer sur mon gland. C'est bon. C'est chaud. C'est doux. Le pire, c'est qu'il me nargue. Il me regarde avec des yeux malicieux. Il me pompe tout en scrutant la plus petite de mes émotions. Je suis à deux doigts de jouir tandis que je vois sa masse énorme à mes pieds. J'ai tellement envie d'éjaculer que je lâche un cri de douleur. J'ai mal d'attendre. Il faut que je change à nouveau de position. Je me mets à quatre pattes sur le lit. Je me cambre et j'ouvre au maximum mon cul. Pas besoin de lui faire un dessin, il commence aussitôt à lécher. Mais il me lèche de manière trop précieuse : des petits coups lents et précis. Je veux qu'il me lèche comme un rustre, comme un goinfre. Qu'il ne prenne aucune précaution. À la limite, il pourrait m'arracher le cul avec de grands lapements. Qu'il le lèche jusqu'à en faire disparaître les contours, jusqu'à en effacer le dessin ! Les enfants disent que le meilleur dans le gruyère, ce sont les trous. Michel est pareil. Il se régale du vide de ma personne, de mon néant. Mais j'exagère, par définition, il n'y a pas de trou sans contour. Mon cul est bien réel. Oui, et je voudrais qu'il me le mange. Qu'il s'en nourrisse. Que mon cul calme son appétit jusqu'à satiété.

« Non, lèche bien fort ! Je veux entendre des bruits ! »

Ma parole, je suis en train de devenir fou ! Qu'est-ce que c'est que cette histoire de bruits ? Où suis-je allé chercher cela ? Il faut que je me fasse soigner. Je ne me reconnais plus. Michel a obéi. Il me lèche maintenant à vive allure. Mon cul est baigné de salive. Je sens sa barbe frotter contre les parois. Avec ses doigts, il presse mon anus pour l'ouvrir davantage et il glisse sa langue au plus profond. Il ne s'arrête pas. Il est comme un gamin dévorant un cornet de glace en trois mouvements de langue, sans avoir peur de se tâcher ou de voir une boule de sorbet tomber au sol. Ce qui est sûr, c'est que je suis le parfum préféré de Michel. Il est devenu un animal emballé. Je l'entends souffler tel un taureau. Moi qui voulais des bruits, je suis comblé. C'est une symphonie de soupirs, de cris étouffés et de slurps obscènes. Cet homme doit manger salement quand il est seul. Je peux même écouter le son de sa langue claquant contre mon cul. Moi aussi je fais du bruit. Je ne retiens plus mes cris. Les cris de plaisirs alternent avec les cris de douleur de ne pas pouvoir jouir. Je change de position. Je me replace sur le dos. Je prends mes cuisses pour soulever mon cul. Michel boit un coup avant de revenir à l'assaut. Il me pompe et me lèche. Il me lèche et me pompe. Sans oublier les couilles. Décidément c'est un nounours très obéissant. Il est adorable.

L'idée me vient que j'aimerais lui jouir dans la gorge. Mais je n'ai pas envie de lui demander la permission. J'aimerais qu'il le comprenne de façon tacite. Alors, quand il gobe ma queue, j'accentue les cris, je les rends plus aigus afin qu'il saisisse que je suis au bord de m'abandonner. Il recrache ma queue. Il ne veut pas de ça. Je suis déçu. Peut-être même en colère. Mon sperme est sain et délicieux. Valérie n'a jamais rechigné à le boire. Et ce n'est pas l'amour qui veut cela. La preuve, elle n'a jamais voulu que je lui bouffe le cul. Quant à s'occuper du mien, inutile de préciser que je ne lui ai jamais demandé. Pourtant, elle ne sait pas ce qu'elle rate. Michel avale de nouveau ma queue, mais la recrache dès que je gémis. Il commence sérieusement à m'échauffer les oreilles, celui-là. Il me nargue encore de ses petits yeux de panda. Et si je le brutalisais ? Quelques baffes pour ouvrir sa gorge ? Lui pincer le nez pour qu'il soit obligé d'avaler mon foutre ? Il a beau peser deux fois mon poids, je sais que je pourrais le réduire en charpie. Depuis que tout a basculé, je me sens animé d'une force herculéenne. Depuis que je baise avec des gros, j'ai l'impression que mes muscles gonflent d'une puissance inconnue. C'est comme si j'avais digéré leur poids, leur force, leur brutalité. Dorénavant, tout cela a été assimilé et circule dans mon sang. Je me nourris de tous ces mecs massifs. Je crois surtout que les mecs que je me suis faits ont révélé la violence qui était en moi. Je deviens fou. Il faut que j'en parle. Il faut que je me soigne. Je ne me reconnais plus. Heureusement, cette fureur n'apparaît que sous forme de flashes. Je n'ai aucune envie de faire du mal à Michel. Le pauvre, il me lèche si bien le cul.

« Tu as joui ? Sans te branler ? C'est le meilleur, comme ça, sans se toucher. C'est l'orgasme sensuel. Est-ce que je peux continuer d'admirer ton cul ?

– Attends, je reviens, je vais juste m'essuyer, j'en

ai partout. Ne t'inquiète pas, je ne débande pas après avoir joui, on va continuer cette petite bouffe sympa. »

Je ne me suis pas vanté. J'ai toujours été ainsi. Ma queue reste gonflée après l'éjaculation. On doit sans doute pouvoir expliquer le phénomène. Je peux tirer immédiatement après l'orgasme. C'est juste dans la tête que cela diminue, j'ai moins envie, je suis moins concentré, disons que je ne suis plus qu'à 60 % dans le sexe. Je vais me nettoyer dans la salle de bains. J'en ai effectivement partout, même sur les lèvres. Au lieu de les frotter avec un Kleenex, je passe ma langue dessus. Il était dit que quelqu'un goûterait à mon sperme. Je reviens dans la chambre de mon fils. Michel m'attend avec un grand sourire.

« Est-ce que tu veux que je te parle de ton cul ? C'est si beau que je ne peux pas garder ça pour moi. Je dois le communiquer.

– Oui… enfin je ne sais pas. Je suis plutôt du genre pudique. »

Mais l'envie d'apprendre est plus forte que la pudeur. Simplement, je ne peux pas regarder le professeur, je me mets à quatre pattes pendant qu'il me décrit l'objet de son adoration. J'aperçois son image dans la glace. On dirait un alchimiste fou monologuant devant une mappemonde. Je détourne les yeux. Je suis incapable de le regarder tandis qu'il m'informe.

« Il est beau car c'est un vrai cul de mec. Il n'a absolument rien de féminin. La forme est masculine.

La musculature est virile. Dans cette position, on aperçoit tes couilles qui pendent, c'est magnifique ! Ta peau est incroyablement douce et réceptive à mes caresses. J'aime ton trou, les plis sont très fins. Prends-en soin, ne l'abîme pas trop. Tu comprends, quand on a une telle œuvre d'art, c'est un devoir de la maintenir en sa perfection. Tu sais, ce que j'aime le plus, ce sont tes poils.

– Ah bon ? Je ne savais pas que j'avais des poils à cet endroit.

– Disons que c'est plutôt un fin duvet. Une constellation de poils blonds, là tout près du trou. Les gardiens du temple. Il en faut sur un cul de mec. Je peux te lécher à nouveau ?

– Tu es chez toi.

– Alors détends-toi complètement. Tu étais un peu nerveux tout à l'heure. Laisse-toi aller. Oublie-toi. Dors si tu en as envie. Pendant ce temps, moi, je me régale. Dors, ma langue s'occupe de tout. »

Je me sens légèrement engourdi. Il a raison, j'ai envie de sombrer. Je choisis la position la plus confortable. Je m'allonge sur le dos tandis qu'il dirige me jambes en les tenant par les chevilles. Ses paroles m'ont apaisé. C'est Nounours et le Marchand de Sable réunis. Je peux dormir, je suis en confiance. Plus de peurs. Plus de guerres. On s'occupe de moi. On me dorlote. On me berce. Je redeviens un enfant. J'ai l'impression d'être dans un berceau. Je suis dans une chambre d'enfant. C'est la chambre de bébé. D'ailleurs, il y a déjà quelques jouets qu'on nous a offerts depuis que Valérie a propagé l'annonce d'une future naissance. Il n'y a pas d'ours en peluche, mais je reconnais dans mon demi-sommeil un Gromitt en chiffon et une lampe musicale encore dans son emballage. C'est moi bébé. On m'embrasse. On me lange. On me débarbouille. J'ai envie de pleurer. Je ne veux pas devenir père. Je suis un fils. Je veux rester un fils. Est-ce que le mec qui me lèche peut comprendre cela ? Je ne sens même plus sa langue. C'est comme si j'étais ailleurs. Ou alors mon cul s'est détaché de moi. Il faut que je lutte, que je revienne à moi. Je m'oblige à replonger dans la réalité. Je repense à ses derniers mots. Mes poils seraient les gardiens du temple ? Qu'entend-il par là ? Sans doute a-t-il utilisé cette expression pour l'image poétique. Il n'y a aucune signification derrière cela, ah, nous voilà dans le lyrisme des plans cul ! Je sens de nouveau sa langue. Je ne sens que douceur et amour. Je relâche les derniers muscles contractés. Je m'abandonne de nouveau à la langueur. Je n'ai rien à craindre, la nounou s'occupe de tout.

Depuis quand me lèche-t-il ? Depuis quand me suis-je endormi ? Il est arrivé vers treize heures. Je n'ai pas ma montre, mais il doit être au moins quinze heures. Non, je me trompe, j'entends les gamins qui sortent de l'école voisine. Il est précisément seize heures trente. Ce mec me bouffe le cul depuis trois heures ! Pendant mon somme, il a pris des initiatives. J'ai maintenant un de ses doigts dans mon anus. Il l'a sans doute inondé de salive au préalable car il glisse à l'intérieur sans le moindre problème. On a l'impression que son index a été moulé spécialement pour mon cul. Il tourne à l'intérieur avec un mouvement qui ne m'est pas inconnu. Je ne voulais pas repenser à cela, mais c'est plus fort que moi.

Le souvenir me submerge. Il n'y a rien à faire, je suis renvoyé quelques années en arrière. L'émotion qui me gagne est au-dessus de mes forces. Je sens que je ne vais pas pouvoir retenir mes larmes et je ne veux pas partager ce moment avec cet inconnu. Mais, me voici chez Claude Dunor, un soir de pleine lune, il y a trois ans. Ou est-ce quatre ans déjà ? Claude tenait un cours d'art dramatique un peu spécial. Les leçons débordaient souvent sur des soirées particulières. Les tabous n'existaient pas, les élèves faisaient ce qu'ils avaient envie de faire. Du reste, ils y étaient vivement encouragés. Seuls les gens les plus intéressants restaient après les heures de cours. Nourris à la vodka, nous refaisions le monde. Nous chantions, nous dansions, nous laissions libre cours à notre fantaisie. Ce soir-là, il y avait la pleine lune, je m'en souviens parfaitement. Il était déjà très tard. Nous avions tous beaucoup bu. Je regardais à la fenêtre la lune immense et pourpre. Claude avait dit qu'elle lui faisait penser à un cul démoniaque. Puis, on avait commencé une discussion générale sur les culs. Marie-Irina avait vingt ans. Elle était originale, délurée, vive comme la joie. On la prenait pour une folle. Elle avait un talent exceptionnelle. C'était le bijou du cours. Elle était encore vierge. Elle attendait le prince charmant. Mais sa sensualité éclatait à la manière d'un fruit trop mûr. Elle souhaitait connaître tous les plaisirs. On lui demanda si elle avait déjà léché un cul. Elle dit que non mais ce n'était pas l'envie qui lui manquait. Avec le plus grand naturel, Claude alors s'adressa à elle :

« Mais il faut que Pierre te rende service. Il a le plus beau cul du cours. Depuis des années, il remporte tous les concours. Pierre est comme un fils pour moi. Il n'a aucun tabou. »

J'ai baissé mon pantalon. J'ai posé mon ventre sur le fauteuil de Claude. Marie-Irina s'est placée derrière moi et s'est adonnée à son désir. Je regardais la nuit. Je cherchais l'étoile du berger. Je me suis abandonné sans aucune gêne. Certaines personnes comme Claude observaient la scène, d'autres, continuaient leurs conversations en ne prêtant aucune attention à Marie-Irina. Ce fut un moment de grâce absolue. Jamais rien ne fut moins vulgaire. Que ceux qui ne le comprennent pas aillent crever dans leur honte et leurs principes ! Marie-Irina m'a caressé avec sa bouche pendant un long moment puis elle a entré un doigt délicatement en le tournant à la manière du gros ours. Quand elle eut fini, elle s'écria :

« Que c'est beau et bon! Pourquoi la plupart des gens ne font pas ça ? »

Ce moment a resserré les liens entre Marie-Irina et moi. Nous étions les meilleurs amis du monde. Même Valérie, qui n'est pourtant pas jalouse, me reprochait cette amitié extravagante. Marie-Irina s'est tuée l'année dernière. Elle a ouvert la fenêtre de son studio et a sauté. Elle ne voulait pas finir schizophrène.

« Je peux introduire un deuxième doigt ? »

J'avais oublié Michel. Il faut que j'en finisse rapidement. J'ai besoin de pleurer.

« Attends ! Allonge-toi sur le sol, je vais m'asseoir sur ton visage ! »

Je m'assieds sur lui. Il plaque sa bouche contre mon trou. Puis, je me relève un peu. Il pénètre deux doigts. Je me concentre sur ma jouissance proche. Je m'accroupis de nouveau. Il enlève ses doigts. Je lui mets ma bite dans la gorge. Je suis obligé de la tordre complètement. J'ai mal. Je la ressors. J'arrose sa barbe, son nez, ses oreilles. Je dirige la dernière giclée sur sa brosse qui me plaît tant.

Il se lave en vitesse. Je le raccompagne à la porte.

« Tiens, je te donne mon numéro de téléphone. Je m'appelle Jean-Dominique en fait. Tu as envie qu'on se revoie ?

– Je suis marié. C'est difficile. Mais bon, il n'y a pas deux lécheurs comme toi. Tu es le champion, nounours !

– Alors à bientôt, j'espère. Appelle-moi si tu veux que je te bouffe. »

Il aurait pu dire : appelle-moi si tu veux que je t'anéantisse. Le sens est le même. Les bourreaux laissent dorénavant leur numéro de portable. Je lui donne un bécot sur la bouche. Il me dit :

« Merci beaucoup.

– Y a pas de quoi, c'est gratuit. Au revoir Michel-Jean-Dominique. »

Je referme la porte. Je dépose le drap de bain dans la machine à laver. Je ne vais pas me doucher. Je me couche au milieu des sanglots. À quoi pense-t-on pendant les deux secondes de la chute ? Elle habitait au septième étage. Je ne suis pas retourné au cimetière depuis l'enterrement.

Aujourd'hui, je me suis rasé les couilles. Enfin, pour être exact, j'ai raccourci les poils. J'ai utilisé les petits ciseaux dont je me sers habituellement pour couper le crin qui dépasse de mon nez. Je n'ai pas osé utiliser un rasoir et de la mousse à raser. Ce n'est pas que j'avais peur de me blesser. Je ne voulais pas que mes couilles deviennent entièrement glabres. D'un côté, je me dis que ma femme le remarquera moins si je conserve un demi-centimètre de longueur. Pourtant, cela fait un moment qu'elle ne m'a pas caressé à cet endroit. En fait, nous n'avons plus fait l'amour depuis qu'elle m'a dit qu'elle attendait un bébé. Elle est maintenant enceinte de cinq mois. Bien sûr, nous avons évoqué le problème. Je lui ai dit que je ne pouvais plus la toucher. Que c'était comme ça. Je lui ai dit aussi que je la respectais trop, qu'elle était devenue pour moi une sorte de déesse. Oui, c'est comme si elle était maintenant sacrée. Je lui ai raconté d'autres conneries du même genre. Je lui ai parlé des femmes dans la Bible. Lorsqu'elles ont leurs règles, elles doivent s'éloigner de leur mari. Les relations sexuelles sont alors interdites. Je lui ai dit qu'il en allait de même quand elles attendaient un enfant. C'est péché. En fait, je n'en sais rien. Pour les menstrues, je crois que j'ai raison. Le reste, j'ai inventé. Puis de toute façon, je ne suis pas croyant. Valérie non plus. Elle m'a demandé si elle me dégoûtait dorénavant. Je lui ai répondu qu'elle était folle. Je lui ai dit qu'elle était belle, que ses seins sont superbes, que j'adore les rondeurs. Elle ne m'a pas cru et a pleuré. Je n'ai pas réussi à la réconforter dans mes bras. Je lui ai demandé pardon. Je ne savais plus comment argumenter. Je lui ai dit que la chair me donnait la nausée, mais que ce n'était pas sa faute. J'ai ajouté que ce n'était pas non plus la faute de bébé, que j'étais comme ça, que j'avais parfois des principes à la con. J'ai été mal élevé. On m'a élevé dans la violence et la culpabilité.

« J'aurais l'impression de faire du mal à bébé si je te pénétrais. »

Je n'ai pas hésité une seconde à lui balancer cette horreur. Si je l'ai dit, c'est parce que je le pense. Je sais qu'on m'a fait mal lorsque j'étais dans le ventre de ma mère. Du reste, je suis né cinquante-huit jours avant terme. Je ne me sentais pas en sécurité dans le liquide amniotique. Je ne suis pas prématuré par amour de la vie. Je ne voulais pas prendre de l'avance, j'ai pris la fuite. Je suis prématuré par peur de la violence. J'ai essayé de communiquer cette idée à Valérie.

Elle m'a souri. Elle s'est demandé si je me foutais de sa gueule. Ou alors, elle a compati. C'est vrai qu'elle était belle avec sa petite robe bleue. J'aime sa façon nouvelle d'attacher ses cheveux en arrière. On voit bien son ventre à présent. Elle a insisté pour que je dise tout ce que j'avais sur le cœur, même si mes pensées étaient énormes. J'ai obéi :

« Je ne souhaite pas donner des coups de queue à bébé. J'ai peur de le noyer dans mon sperme. »

Elle a ri. Elle m'a dit que, décidément, j'avais une étrange conception de la physiologie féminine. Elle a ri sans méchanceté. Elle avait l'air de me pardonner. Elle a téléphoné à sa meilleure amie. Je l'entendais raconter qu'elle était déjà mère, qu'elle avait déjà un enfant à la maison. Elles ont continué de rire toutes les deux pendant que je me morfondais. Lorsqu'elle a raccroché, Valérie est revenue à la charge :

« Et moi, j'existe encore ? T'arrive-t-il de penser à mon plaisir, à mes désirs ? Tu veux peut-être que j'aille accoucher dans un couvent ? »

Je lui ai demandé d'être patiente. Je lui ai affirmé que je l'aimais toujours. Que c'était plus fort que jamais. Mais, voilà, je ne bandais plus. Enfin, c'est ce que je lui ai dit. Car même après avoir baisé toute la journée avec un ou plusieurs mecs, le soir, dans notre lit, près d'elle, j'étais souvent en érection. J'ai appris à devenir un véritable contorsionniste afin qu'elle ne le remarque pas. Je bande, mais je n'ai aucune envie de faire l'amour. La seule fois où je me suis laissé aller, la jouissance ne fut qu'amère. Nous nous sommes caressés et elle m'a sucé. J'ai participé au jeu malgré moi. Je pensais à finir le plus vite possible.

« Si tu as des problèmes... "mécaniques", rien n'empêche un peu de tendresse. Tu t'éloignes de moi, tu comprends ? Je m'endors seule, je n'ai plus tes bras. »

J'ai encaissé. C'était comme une accusation de lâcheté. Un instant, l'idée m'est venue de vider mon sac. J'étais sur le point de lui parler de toutes mes baises avec mes gros. Ce n'était pas pour lui faire du mal, simplement pour la rassurer. Il fallait qu'elle comprenne que nos rapports ont changé parce que moi-même j'ai changé. Je suis devenu un autre. Quelque chose me submerge, quelque chose d'incompréhensible. Mais on ne peut pas partager l'inconnu.

« Et toi ? Tu vas rester chaste pendant tout ce temps ? Ne me fais pas un sale coup, ne va pas voir d'autres filles. Ce serait vraiment trop dégueulasse. »

Valérie n'a pas à s'inquiéter pour cela. Je suis déjà bien trop occupé. Non, blague à part, je n'ai aucune envie de coucher avec une autre fille. Je lui ai répondu qu'elle était folle et que sans doute, j'aurais parfois recours à la masturbation. Elle m'a demandé alors si elle pouvait y assister. J'ai rougi. J'ignorais cette pudeur chez moi. Apparemment, Claude Dunor n'a pas réussi à éradiquer tous mes tabous.

En me coupant les poils des couilles, j'ai repensé à cette altercation. C'était la première fois que Valérie et moi nous disputions. J'en ai perdu ma concentration. Un filet de sang est venu me rappeler à l'ordre.

J'ai une entaille d'un centimètre qui n'arrête pas de saigner. J'attends que cela cesse. La peau qui entoure les testicules est particulièrement irriguée. Je l'ignorais. Je ne peux pas mettre de slip pour l'instant et je ne trouve pas de pansements dans la boîte à pharmacie. Enfin, une petite croûte se forme, je vais pouvoir m'habiller. Je regarde une dernière fois mes couilles dans le miroir. Elles semblent plus grosses maintenant, plus rondes. Le contact est doux même si les poils n'ont pas disparu. Je ne voulais pas tout raser, pas seulement à cause de ma femme. L'idée de revenir à l'état d'avant me fait horreur. D'avant la puberté. Je me suis senti libre quand les premiers poils ont poussé. Je me suis dit que bientôt j'allais partir de la maison, que bientôt je serais un homme. J'étais le premier de ma classe à avoir des poils. Je me souviens, c'était pendant la classe de neige. Dans le dortoir, j'étais le seul à avoir un début de toison. J'étais fier. Je me sentais supérieur. Je me sentais fort. J'étais un soleil. Je n'avais pas encore dix ans. Comme pour ma naissance, j'ai anticipé. Tout est dans l'idée de la fuite.

J'enfile un blue-jean et une chemise blanche. C'est ce qui me va le mieux. Enfin, j'imagine que c'est l'uniforme qui me rend le plus séduisant. J'ai envie de plaire. Plus fort encore, j'ai envie de baiser. Je veux tester mes nouvelles couilles. Je me les suis rasées pour rendre la baise supérieure. J'ai remarqué au club de gym et avec certains partenaires que la mode était aux pubis rafraîchis et aux bourses imberbes. Je ne sais pas si c'est par esprit d'imitation, mais je l'ai fait pour être davantage sexe. Se raser là, c'est penser à son corps, penser à sa sexualité. C'est affûter son corps, en faire une machine de guerre. C'est aussi considérer l'autre, donner du plaisir et se faire plaisir. C'est un geste agressif et doux à la fois. Je donne également ma contribution au vice. Qui va connaître la joie de mes burnes neuves ? Je balaie l'idée d'un plan Minitel. Je désire voir le futur élu. Les surprises ont du bon, parfois même, l'idée de surprise est la seule chose d'excitant, mais j'en ai marre des mecs qui ne correspondent pas à mes goûts. Il me faut être plus sélectif. Il fait beau, je vais sortir. On est vendredi et c'est le jour des costauds au sauna de Vincennes. Tout au moins, j'espère que les informations de la salope du Minitel sont exactes, je rêve d'une belle baraque. Je ne suis jamais allé dans ce genre d'endroits. Mais aujourd'hui, le vice est mon guide.

J'ai eu du mal à trouver l'édifice. Il a fallu que je repasse plusieurs fois avant d'identifier l'entrée. Je ne sais pas si c'est la bonne heure. Il est tôt. Mais j'ai appris que les malades du sexe n'ont pas d'horaires. J'entre dans l'établissement. La porte déclenche une sonnerie. Plusieurs personnes sont regroupées devant la caisse, à ma vue elles cessent de discuter. On dirait qu'elles viennent d'apercevoir un spectre. On me dévisage. Je crois que je fais un peu touriste sur les bords. Ils sont moches. Ils ont la peau grise. Il règne une chaleur humide. L'étuve me rappelle mon arrivée à Bangkok. Ces messieurs ne sont pas loin d'avoir le double de mon âge.

« Excusez-moi, c'est combien ? Vous pouvez me dire la procédure, ce sont mes premiers pas dans un sauna ? »

Pour un néophyte, mon assurance paraît suspecte. Mais, depuis que ma vie a basculé, j'ai perdu toute timidité. Je me sens à l'aise dans la plupart des situations. Je ne baisse pas les yeux. Mon corps ne se recroqueville pas. Je ne me force pas, j'ai le sourire large et le port de tête haut. Le mec au comptoir me dit que le tarif est de soixante francs étant donné que j'ai moins de vingt-cinq ans. Je ne proteste pas. L'ancienneté de mes camarades d'aventure accentue ma jeunesse. On me donne un jeton pour le vestiaire et une serviette. Il y a une poche dans la serviette. C'est pratique. Je mets à l'intérieur des capotes et des doses de gel qui sont offertes sur le guichet qui fait aussi office de bar. Je descends l'escalier. On continue de me regarder. Je suis jeune, je suis beau, j'ai un look hétéro. On me prend pour un fantôme ou un extraterrestre. Mais les parois vitrées me renvoient également une gueule bien vicieuse, alors ça va, ça peut passer. Un type rougeaud se rhabille en vitesse dans les vestiaires. Il a l'air pressé. Sans doute est-il en retard pour un rendez-vous de travail. Il porte une chemise jaune et un pantalon moutarde. Il doit être VRP. Dès qu'il se rend compte de ma présence, il s'arrête tel un chien de chasse.

« Tu te casses ? Dommage… »

Je ne sais pas trop pourquoi je lui dis ça. C'est juste un monstre quelconque : mince malgré une panse flasque, les cheveux longs avec calvitie partielle, le thorax creux, de petites épaules tombantes.

« Tu es sérieux ? »

Je m'empêche de lui répondre : « Non, je déconne évidemment ! » Je me contente d'un sourire ambigu. Comme ça, il peut comprendre soit que je le désire soit que je me fous de sa gueule. Je suis à moitié salope et à moitié un saint. J'ai une furieuse envie de sexe et jouer avec les gens fait partie de l'excitation. Le monstre me rend mon sourire. Il a choisi l'image pieuse. Le reste de sa journée va être illuminé par ma flatterie. Je me sens bien. J'ai accompli une bonne action.

Je referme le casier. Je me dirige vers les lieux de débauche. Le sol est dégueulasse. Je pense un instant que je vais attraper des verrues. Enfin, mieux vaut prendre ce risque que porter des sandalettes qui donneraient un air de curiste de La Bourboule. J'essaie d'enrouler la serviette autour de mes hanches. Je m'aperçois dans un miroir. Finalement, je préfère me balader à poil. Je n'ai rien à cacher. Et puis ne suis-je pas là pour exhiber mes couilles ? Il y a encore un sous-sol. C'est là que se passent les événements. Avant de descendre, je regarde une vidéo porno sur un grand écran de télévision. Deux autres personnes assistent au spectacle. L'une fume, l'autre se branle. Le son du film est coupé. À la place, on entend FIP que diffusent des enceintes dans le plafond. La scène est banale : un mec encule un autre mec. Ce sont deux athlètes blonds et musclés. Ni graisse ni poils. Ils habitent sans doute la banlieue de Los Angeles. C'est celui qui a la plus grosse bite qui se fait mettre. L'enculade est très mécanique. Elle est cadencée avec une précision de métronome. C'est une danse. Les muscles se tendent et se détendent dans un même rythme. La musique n'est absolument pas raccord. Je crois que c'est *Petite Fleur* de Sidney Bechet. Ces mecs s'enculent comme des robots. Ils ne pensent qu'à paraître le plus beau possible. Ils étrennent une nouvelle position, mais rien ne change. C'est précis, hygiénique, esthétique et standard. Je me dis que c'est moderne. Après tout on est bientôt en l'an 2000. C'est ça la vie moderne. Pourtant, le spectacle commence à me plaire. J'aimerais bien baiser ainsi sous le soleil de Malibu. Je voudrais être un automate bien huilé.

Je vais prendre une douche. L'eau n'est pas très chaude. On vient m'observer. Je n'y prête pas attention. Je me sèche et je vais faire un tour. La visite comporte un couloir, des cabines, un sauna finlandais, un bain à remous et une salle de repos. Au fond, il y a deux pièces sombres et ouvertes. C'est ce qui sert à désinhiber. Ou alors, c'est pour ceux qui préfèrent la multiplicité des échanges. J'ai compté une quinzaine de personnes depuis la sortie du vestiaire. Il y a des gros mais pas à mon goût. L'établissement est surtout fréquenté par des cartes Vermeil. J'ai froid. Je vais au sauna pour me réchauffer. Je m'assieds sur le banc le plus haut. On me caresse la cheville. Je pensais que j'étais seul. C'est un petit vieux. Je n'en crois pas mes yeux. Il doit approcher les quatre-vingts ans ou alors il est particulièrement mal conservé. Le pépé a le dos voûté. Son visage n'est que rides. Il a des tâches ocre sur les joues et sur les mains. Ses doigts sont déformés par l'arthrose. Je ne veux pas continuer de le détailler. Le regarder me fait mal. Je ne vois plus que ses cheveux blancs épais et blancs comme une meringue. Sa chevelure est magnifique. Je suis incapable de bouger. J'ai peur que le vieux se casse en morceaux. Sa fragilité déborde de partout. J'entends les planches de sapin craquer. Je me dis qu'on est dans un château de cartes. Le vieux se meut comme une tortue. Tous ses gestes le meurtrissent, je le ressens dans ma peau. Mais il parvient à faire ce qu'il cherchait : il a pris mon sexe entre ses lèvres. Je reste toujours aussi immobile. Je ne me débats pas. Je ne résiste pas. Le vieux essaie de me sucer, en fait il me fait mal. Il n'ouvre pas assez la bouche. Ou alors il me mord exprès. Ma queue est prisonnière, elle bute contre des obstacles. Je tente de fuir les pensées. Je chasse les images qui me viennent, les images de dentier, de palais pourri, de dents abîmés, de trachéotomie. Alors, je pense à une forêt en Finlande. Je me roule dans la neige. Je bois de l'aquavit. Enfin, il se lève et part du sauna. Je m'en veux. Je suis malade, il faut que je me soigne. Donner ma jeunesse ainsi, c'est la gâcher. C'est perdre des minutes, des heures, des mois, peut-être des années.

Je suis sûr qu'on me les enlèvera au décompte final. On me dévore et je ne fais rien. La porte s'ouvre. C'est la momie. Il est revenu pour glisser un billet de deux cents francs dans la poche de ma serviette. Il me remercie. Il me dit que je suis un garçon très gentil et disparaît. Le fait d'être pris pour une pute m'apaise. Ainsi, il ne va pas penser que je suis un malade mental. On reste dans la logique du commerce : acheter ce qu'on ne possède pas. Je me sens moins coupable d'avoir réussi à bander un peu. Je n'ai jamais connu mes grands-parents. Mon père était trop vieux, ma mère, orpheline. Les quatre sont morts bien avant ma naissance. Je déteste l'odeur des vieux et leurs sourires de chats. J'aime imaginer que je vais mourir jeune et que j'échapperai de la sorte à cette malédiction.

Je reste un long moment dans le sauna. Je cherche à évacuer par la sueur toutes les toxines. Puis, je prends une douche glacée afin de me remettre de mes émotions. Je fais un tour vers les pièces du fond. J'ai besoin d'action. Je reprends de la joie de vivre. Il y a un merveilleux couple de nounours en train de faire des cochonneries. Je m'approche en silence, je ne veux pas les déranger, juste me rincer l'œil. On dirait des clones : dans les un mètre soixante-quinze, quatre-vingt-quinze kilos environ, poilus, plus exactement velus, la barbe et le cheveux de la même longueur, le même âge, approchant la quarantaine. Je suis ému car la backroom déborde d'amour. C'est sans doute un couple de longue date, ils sont venus ici pour signifier au monde leur tendresse commune. Leurs gestes sont délicats, néanmoins sans retenue. Chacun connaît le corps de l'autre dans ses plus intimes recoins. Il n'y a pas de mystère, ce qui procure du plaisir est établi, c'est inscrit dans leur Journal Officiel. Ils m'acceptent dans leur tanière. Je n'ose pas les toucher même si les regards qu'ils m'adressent sont engageants. Je veux simplement assister à leur fusion. Ils ont besoin d'un témoin, je serai celui-là. Ils bougent à peine, ils se tiennent face à face comme des lutteurs qui s'observent avant un combat. Les fronts sont collés l'un à l'autre, les bedaines se frôlent puis se séparent. L'immobilité les gagne. Je comprends enfin qu'ils attendent mon signal. Ce sont des interprètes qui nécessitent un chef d'orchestre pour s'accorder, pour jouer en mesure. Il me faut trouver une partition à leur niveau, j'ai soudain peur de ne pas être à la hauteur. Je respire un grand coup et je me lance dans la musique. Je leur donne des ordres en utilisant une voix très douce. Mes mots sont presque imperceptibles, mais je ne peux pas parler plus fort au risque de tout saboter, il faut que cela reste intime, ce sont des mots d'amour qu'il faut employer. Les ours s'exécutent. Ils se tiennent désormais par les couilles. Ils les malaxent tout en les soumettant à ma vue. Elles sont grosses et rasées de frais. J'observe leurs sexes. Rien de particulier, taille standard et circoncis. Décidément, ils n'ont que peu de différences. J'essaie pourtant de les distinguer afin de mieux diriger les échanges. Celui qui a le poil le plus clair possède un large tatouage sur l'avant bras. Peut-être est-il davantage viril que son compagnon. De toute façon, chercher l'actif ou le passif n'a aucun sens. Dans ce genre de couple, aussi soudé, le courant est forcément alternatif. Enfin, c'est ainsi que je l'imagine. Simplement, j'essaie de savoir qui a le plus envie de se faire enfiler sur l'instant. Car je tiens par-dessus tout à voir ces masses se pénétrer. Si je n'ai pas le droit de les toucher, qu'ils réalisent au moins mes désirs ! Je fais confiance au hasard :

« Tourne-toi, offre ton cul à ton mec ! »

Je n'ai désigné personne, cependant le tatoué obéit. Il pose ses mains à plat contre le mur, fléchit les cuisses et cambre ses reins. Il dévie son visage dans ma direction. Il va se faire sauter en me regardant dans les yeux. Son copain se place directement contre lui. Sans mettre de salive autour de sa queue, il le pénètre d'un coup. Aucune réaction chez l'enculé, il continue de me regarder, me défierait-il qu'il n'agirait pas autrement. Je le trouve beau, je les trouve beaux, la scène est magnifique. C'est beau de voir des mecs s'enculer au naturel, sans capote. J'aimerai les caresser, baiser avec eux, mais je sais que cela m'est interdit, puis ce n'est pas dans les termes du contrat muet que nous avons passé tous les trois. Ma frustration est grande, je n'ai même pas envie de me branler devant ce spectacle. Ils sont seuls au monde. Ils n'ont besoin de personne, encore moins d'un non-ours. Je ne suis qu'un faire-valoir. J'ai beau les traiter comme des chiens, je ne suis pas digne d'eux. Oui, je m'adresse à eux comme si c'étaient des chiens :

« C'est bien, continue. C'est très bien, vous êtes très beaux ! »

Je ne suis pas un maître sévère. Je suis un maître juste et qui récompense mon chien d'avoir levé la patte à mon injonction. À l'enculé :

« C'est bien. Tu es très gentil. »

J'emploie les mêmes mots que la momie dans le sauna tout à l'heure. Au fond, je fais partie du même monde. Les deux balèzes jouissent en même temps. Le tatoué déverse sur le mur d'importants jets. Son sperme est blanc et crémeux. On pourrait remplir un demi-verre à moutarde avec une telle quantité. Je me dis, puisque les deux sont semblables en tous points, que le plus sombre a giclé dans le cul de son amant la même dose de semence. Ils sont gros du foutre de l'autre. Je les regarde s'éloigner, sans un mot à mon égard, en pensant que ce sont des ours pleins de foutre et de miel. Je me sens comme abattu. Je me sens rejeté. Je n'arrive pas à jouir dans ce putain de sauna !

Je vais prendre une douche avant de rentrer. Je n'ai pas de savon, alors je frictionne ma peau deux fois plus fort pour me sentir propre. L'eau coule le long de mes bras. Les néons du plafonnier font ressortir mes veines dans le creux des bras. Tout ce bleu et ce violet m'écœurent. Je pense un instant à injecter de l'héroïne dans cet entrelacs. J'ai une envie soudaine de came. Je n'ai jamais essayé l'héroïne, ni aucune drogue dure d'ailleurs. Je me demande quelles sensations donne la poudre. Est-ce que je serais plus tranquille ? Je continue de me frotter la peau pour éliminer toute saleté. C'est alors que je remarque sa présence. Je distingue d'abord un dos, un dos puissant, large, blanc, dégageant une force colossale. Je suis excité aussitôt. Je bande, mais je n'ai pas peur, on n'est pas à la salle de gym, rien ne nous interdit d'avoir une érection sous la douche. Je descends sur son cul maintenant. J'adore son cul. Un cul massif, imberbe, posé sur deux troncs d'arbres. Il est inutile d'attendre de voir l'homme de face, je vais baiser avec lui. Je ferai tout pour. S'il apprécie exclusivement les ours, alors je lui donnerai de l'argent, je le menacerai, je l'envoûterai, bref, je trouverai bien un moyen. Ce qui est certain, c'est que je n'aurais pas l'hétérosexualité à affronter. Parfois dans la rue, je croise des colosses qui me font autant saliver, mais je me dis que ce sont des hétéros qui vont me défoncer la gueule, alors j'abandonne. Maintenant, il n'est pas question de renoncer. Le dos puissant disparaît pour laisser place à un coffre de déménageur. Ce mec est massif de partout : épaules, poitrail, hanches, bite, couilles, jambes, etc. Il est de toute évidence né ainsi, il y a une cinquantaine d'années environ, c'était un beau bébé comme on dit dans le Sud, un enfant avec une ossature large et de grosses articulations. Il a un minimum de poils, mais il ne se rase pas. Ses cheveux sont poivre et sel taillés en brosse. Les joues sont glabres. S'il n'y avait son ventre, j'aurais pu le dessiner *ex nihilo.* Il correspond à mon fantasme brut à l'exception de ce ventre énorme. Il me sourit, regarde mon sexe tendu puis se dirige avec nonchalance vers les alcôves. Je le suis. Il entre dans une cabine, laisse la porte entrouverte, j'entre à mon tour, je referme la porte. Nous avons la même taille. Nous entamons les ébats du bout des doigts. Nous tâtons la marchandise. Il doit peser au moins cent trente kilos. Il me roule une pelle. Sa bouche est très petite. Il suce mal sans doute. Je m'agenouille pour chercher son sexe. Sa bite est aussi épaisse que courte. Il encule mal sans doute. Je le suce et je manque de m'étouffer. Sa bite est vraiment épaisse. Je bave. Je respire avec difficulté. Je crois que je vais avoir une attaque de claustrophobie.

« Excuse, ça fait trop longtemps que je suis ici. J'ai besoin de voir la lumière du jour. »

Il me propose d'aller cher lui, il n'habite pas loin, me dit-il, du côté de la place de la Nation. J'accepte. On va se rhabiller sous le regard envieux de tous les échoués du sauna, dans notre genre, chacun à notre manière, nous sommes ce qu'il y a de mieux dans ce bordel.

Je craignais qu'il soit moins attirant à l'air libre. Il n'en est rien. Il a enfilé un pantalon de velours beige et un col roulé rouge. Il a l'air d'une brute épaisse. J'en ai conscience, pourtant je le trouve mignon. Il ouvre la portière d'une Peugeot grise garée sur un passage piétons. Dans la voiture, il commence à parler. Je préférerais qu'il parle après la baise, les mots prononcés avant sont souvent débandants. Je n'ai pas envie de connaître sa vie, sa misère, sa solitude, son quotidien. En tout cas, pas maintenant. J'aime bien partager un soupçon de réalité humaine après avoir joui, juste avant de disparaître. Mais s'il me parle de sa vie, je vais repenser à la mienne, s'il est marié, je vais repenser à Valérie, etc. Je remarque un macaron tricolore posé contre le pare-brise. C'est un insigne officiel. C'est peut-être un flic ou un magistrat. Cela expliquerait l'absence de contravention pour le passage piétons. Déjà le quotidien envahit l'habitacle. Il parle toujours, mais je ne l'écoute pas. Je reste à peine poli. Il me pose sans cesse des questions, il veut savoir pourquoi je suis avec lui. Je lui réponds que c'est le mystère qui sous-tend toute attirance pour l'autre, que quand on sait pourquoi on est avec quelqu'un, alors il faut vite prendre ses jambes à son cou. Je suis assez content de ma réponse, ce cliché romantique me rend anonyme. Le colosse est du genre soupçonneux. Ou susceptible. Il s'appelle Georges et est originaire de Toulouse. Il a encore une pointe de rocaille dans l'accent. Je n'ai pas affaire à un bon vivant. Georges n'a aucun humour. Il me fait chier déjà. Il doit sucer et enculer mal. S'il n'avait pas ce physique, je me casserais au premier feu rouge. Si je n'étais pas aussi dérangé... Mais je sais que j'irai jusqu'au bout. J'irais à genoux, s'il le fallait même.

Chez lui, le dialogue cesse. On se fout à poil rapidement. Il me suce, mal effectivement. Je le suce mais sa queue est trop épaisse, mes mâchoires fatiguent vite. Georges la joue assez macho ce qui n'est pas pour me déplaire. Il est très brutal ou alors il ne connaît pas sa force. Pas une caresse qui ne contusionne. Pas un baiser qui ne se termine par une morsure. Je me rends compte qu'il pourrait me tuer facilement, avec une main peut-être, voire deux doigts. Même si une puissance nouvelle coule dans mon sang depuis que tout a basculé, Georges est un adversaire hors de ma portée. Pour la première fois, j'ai le sentiment de risquer ma vie, je la remets entre ses mains. Il se lève pour aller dans la cuisine. Il revient avec un pot de lubrifiant et une bouteille de poppers. Je me dis qu'il va me tuer le cul. Il va me faire mal et je ne pourrai pas lui dire non, il est dépositaire de mon existence. Georges me propose du poppers. Il me dit que c'est du vrai, qu'il l'a acheté à Londres. Je refuse. Je n'aime pas ça. Enfin, j'ai plutôt peur que le produit me procure une bouffée de violence comme la dernière fois que j'en ai pris. C'était au M&M's, je baisais un gros quand un autre mec m'a fait inhaler du poppers. J'ai eu l'impression d'une décharge électrique, j'ai flippé et j'ai mordu l'oreille du costaud que j'enculais, je n'ai relâché mes mâchoires qu'à son cri, juste avant qu'il ne saigne, quant à l'autre, je lui ai foutu un coup de poing dans la gueule, je me suis excusé, mais il aurait pu me prévenir. Heureusement, le scandale a été étouffé, j'ai fait amende honorable, je peux retourner au M&M's. Je ne veux plus prendre de poppers. Georges me redresse. Il s'assoit sur le lit et examine ma queue :

« J'aime ta pine. Elle est fine et longue. J'ai envie d'elle. »

Je suis vert. J'ai envie de lui répondre que la norme, ce n'est pas une queue de treize centimètres sur six ou sept de large comme la sienne, que ma queue n'est pas « fine et longue », mais je me retiens, c'est vraiment trop puéril. Le voilà qui s'allonge sur le ventre. Faut-il comprendre qu'il me donne son cul? Il n'est plus qu'une masse répandue. Il ne bouge plus. Il ne dit plus rien. J'essaie de le déplacer un peu mais il reste amorphe. Il est trop lourd pour moi, je suis incapable de le manœuvrer, pourtant je voudrais qu'il comprenne que je ne pourrai pas l'enculer s'il ne fait pas un minimum d'efforts. Alors, je lui pince le cul méchamment, il réagit à peine. Alors je lui mords le cul à pleines dents, puis les épaules. J'ai vu ça dans un reportage sur la saillie des chevaux de course. L'étalon mord la jument pour qu'elle ouvre sa croupe. En remontant mes mâchoires vers sa nuque, je découvre ses oreilles. En fait il a de petites oreilles boursouflées comme les piliers de rugby, suis-je bête, il vient de Toulouse, c'est sans doute un ancien joueur. J'adore sa nuque de Miura. Je la lui lèche tandis que j'essaie d'introduire un doigt dans son anus.

« Doucement, je suis vierge. C'est la première fois, je te jure. J'ai craqué sur ta bite fine. Tu vas pas me faire mal, dis ? »

Est-ce qu'il me prend pour un con ? À d'autres la pucelle offerte ! Je n'ai que quinze semaines d'expériences homos, mais j'ai peine à croire aux trous vierges de cinquante ans ! Au début du siècle, la virginité était l'attrape-couillon des bordels. Une prostituée pouvait devenir riche en se faisant passer pour une pucelle à longueur de semaines.

« Je t'assure que c'est la vérité. Il n'y a que dix ans que je vais avec des garçons, je n'ai jamais osé, mais je rêve d'un mec fin dans ton genre. D'habitude, je suis actif. T'as l'air d'apprécier mon cul, alors, comme t'as la queue fine... »

Je commence à le croire. J'ai hâte de le baiser, de l'entendre dire que ma bite est trop grosse pour son fion. Ah, il la juge fine, on va voir ce qu'en pense son cul ! Je le fais mettre à quatre pattes. J'écarte sa raie, il a vraiment un cul énorme, mais très ferme, terriblement musclé. Il n'y a rien de mou comme pour le ventre qui, malgré l'extrême rondeur, est dur et gonflé. Son trou est admirable, minuscule, il semble perdu dans toute cette chair. C'est un trou qui vient d'éclore. La couleur est d'un rose particulièrement appétissant. J'ai envie de lécher. J'hésite une seconde, mais je me souviens d'avoir vu Georges se nettoyer le cul minutieusement au sauna. En fait, c'était prémédité, dès qu'il m'a vu, il a pensé à se faire mettre. Il n'y a pas que la circonférence de ma queue dans cette histoire. Mais il est vrai que je bandais sous la douche. Je commence à lécher. C'est bon. Je repense à ce Michel, à sa façon de me bouffer le cul chez moi. J'essaie d'être un bon disciple. Georges ne dit rien, ne réagit pas, à la longue, c'est vexant. Depuis qu'il s'est retourné, il est totalement passif, un véritable cadavre. Peut-être est-ce parce qu'il débute dans ce sens-là, sans doute se dit-il que pour être un bon passif, il ne faut justement rien faire. Moi aussi, la première fois, j'attendais tout de l'autre, j'attendais même que l'on m'ouvre alors que c'était à moi de m'ouvrir. J'arrête de lécher Georges puisque mes mérites ne sont pas reconnus. Je vais passer aux choses sérieuses. Je prends un peu de gel. Le pot est glacé, il a dû le mettre avec le poppers dans le frigo. Je mets une petite boule dans ma paume et je la fais chauffer. Je préviens Georges que je vais entrer un index dans son cul. Au lieu de se relâcher, il se contracte. Il gémit à la deuxième phalange. Il ne plaisantait pas, il est vierge et particulièrement étroit. La tache qui m'incombe n'est pas des plus évidentes. D'une part, dépuceler un mec, c'est important, je dois lui donner le goût de la sodomie, je dois faire son cul. Il va par ma faute devenir un enculé, c'est une étape capitale dans une existence. D'autre part, si je tiens à la vie, il ne faut pas qu'il le regrette, d'une bourrade il peut m'envoyer à trépas. En fait, j'ai le trac. De la même manière que pour le couple d'ours au sauna, je deviens un maître de cérémonies. Je quitte l'enfance, je deviens un homme, un passeur.

« Détends-toi, ouvre bien ton cul s'il te plaît. Je vais te graisser profond, tu n'auras pas mal, fais-moi confiance. »

Cet homme veut que je le prenne, mais je ne peux rien lui prendre, il est trop fort pour moi. C'est à lui de me donner. Je ne peux que recevoir. Il ne faut plus tarder. J'introduis maintenant deux doigts. Il gueule. J'essaie de déposer le plus de gel possible dans l'ouverture. Ma queue est très ferme, elle va se frayer un passage sans problème. Je retire mes doigts tandis qu'il ouvre son flacon de poppers. Il inspire à fond les narines. Son cul s'ouvre un peu, il faut que j'entre, merde, j'ai oublié la capote ! J'espère qu'il y en a tout près, cet incident risque de faire retomber le soufflé. Ouf, je n'avais pas vu un stock à côté de la crème à baiser. Je suis nerveux, je force sur la première capote alors qu'elle est à l'envers. J'en ouvre une deuxième, cette fois-ci, c'est bon. Je n'ai pratiquement rien perdu de mon érection. J'essaie de pénétrer Georges, mais sa position est mauvaise. Ce n'est pas évident d'enfiler un mec de cent trente kilos, d'autant plus si ce dernier ne fait rien pour aider. Je me tiens debout, lui à quatre pattes sur le lit, je lui demande d'écarter son cul avec les mains, je le déplace à la manière d'un photographe, là, je lui dis de ne plus bouger, que c'est bon, j'approche ma queue de son trou, j'entre juste le gland, il se met à gueuler, puis je réfléchis à la manière de le sauter, lui m'aurait pris comme la brute qu'il est, il m'aurait déchiré sans aucune précaution, alors je veux adopter la même attitude, non pas pour me venger *a priori*, mais pour qu'il reconnaisse un mâle, il sera plus à l'aise si je baise comme lui, s'il retrouve une façon habituelle de procéder, en fait, ce sera comme s'il s'enculait lui-même, ma brutalité répondant à sa virilité absolue. C'est un gros mâle qui se donne, je dois le respecter, alors je vais le baiser comme un rustre. Il hurle lorsque je balance un grand coup de rein. Je lui fais mal, mais il faut que je continue la tâche à accomplir. Je lime en force, tant pis pour ses cris. Du reste s'il ne voulait pas, il me le ferait savoir. Je ne viole pas, je reçois. Moi aussi j'ai mal, il ne desserre pas le cul. Il sniffe du poppers et j'en profite pour accélérer la cadence. Tous mes muscles sont à l'œuvre, c'est dur de contrôler une telle masse, j'ai peur qu'un de ses mouvements me fasse déculer par mégarde. Il me dit qu'il ne va pas pouvoir résister encore longtemps, qu'il a envie de jouir. Je lui réponds de se calmer, que je n'en ai pas encore fini avec son cul. Mais je sens que c'est lui qui décide, alors j'en profite avant que cela finisse pour regarder la scène dans la glace de l'armoire. C'est une vision extraordinaire. La différence de gabarit est vraiment étonnante, accentuée par le fait qu'il est en boule et moi étiré. Je repense encore à des reportages animaliers, certains mâles, chez les oiseaux ou chez les insectes, sont bien plus petits que la femelle, la mante religieuse, par exemple, aïe, elle dévore son mec après la copulation ! Je continue de nous regarder dans la glace. Je nous trouve beaux, vraiment très beaux. Je repense au porno de cet après-midi. Tiens, si j'essayais de limer comme un robot moi aussi ? Mais la brute jouit trop vite dans un dernier gueulement, aussitôt son cul m'éjecte. Je voulais jouir à l'intérieur, dire que je n'ai toujours pas joui de la journée ! Georges m'enlève la capote, me présente son torse, me branle en me faisant mal, je voudrais éjaculer à gros bouillons sur son ventre, mais il me comprime trop, je fais semblant d'àvoir un orgasme, je grogne pour détourner son attention de ma queue, je pense que s'il me regarde il ne va pas constater mon absence de jus. Je cris. Il a joui, j'ai simulé, on va pouvoir discuter à présent.

Georges me parle de sa vie. Maintenant, je l'écoute. J'ai entendu des dizaines de fois ce genre d'histoire. C'est l'histoire typique d'un plan Minitel avec un homme mûr. Il me raconte ses années de frustration teintées de bonheurs fugaces, un mariage jeune, son attirance réprimée vers ses camarades, bref que du classique. Puis il en vient à parler de rugby. Mon oreille se fait attentive. J'avais raison, c'est un ancien pilier, un pilier gauche précise-t-il, qui a même joué à un niveau international avant de se blesser. Je commence à transpirer, je suis à nouveau excité, je veux qu'il me parle des avants, de leurs castes, de leur mythologie, de leur violence, de leurs troisièmes mi-temps. Georges est étonné de ma culture de « l'ovalie ». Je lui réponds que je déteste ce sport, que je hais les sports d'équipe, que je n'aime même pas les rugbymen, par exemple je chie sur les lignes arrière, ces sprinters élégants qui attirent sur eux toute l'attention. Je n'ai de tendresse que pour les brutasses de la mêlée, celles qui poussent et ne renoncent pas, celles en qui je devine une sensibilité infinie. J'aime leurs grosses cuisses, leurs shorts XXL maculés de boue, leurs façons de s'attraper par les couilles pour s'unir dans la mêlée. J'ai peur de passer pour la folle des stades, mais non, ça va, Georges apprécie, il est heureux de rencontrer un admirateur. Il me dit qu'il entraîne un petit club de rugby dans la banlieue parisienne, qu'il a un pilier droit de vingt et un ans des plus prometteurs, un certain Thierry qu'il soupçonne d'être gay. Je lui dis que j'aimerais bien le rencontrer.

« Oh, c'est sûr qu'il va te plaire. Mais tu es trop méchant, toi, tu vas le manger. Thierry a besoin d'un mec doux et gentil. »

Je lui réponds qu'il ne me connaît pas pour pouvoir me juger ainsi. Du reste, je ne lui ai toujours pas parlé de moi. Je ne souhaite ni me confesser ni inventer. Je veux juste prendre. Je demande à Georges s'il n'a pas à la maison un short de rugby. Il se lève pour aller ouvrir l'armoire. J'aperçois quelques gouttes de sang sur le drap. Son cul saigne, je me dis que j'y suis allé terriblement fort, que je l'ai déchiré. Je préfère ne pas avertir Georges alors je replie la couverture sur le drap. J'ai peur d'une dernière réticence de mâle. Georges ouvre l'armoire et se met à fouiller dans les étagères. Je ne peux m'empêcher de voir un revolver et des armes blanches. J'ai peur, je me dis que c'est la fin, que la brute ne veut pas conserver un témoin de son désir de féminité. Je suis condamné à mort pour avoir enculé. J'espère qu'une balle dans la tête, ça ne fait pas trop souffrir, qu'on n'a pas le temps de se sentir mourir.

« N'aie pas peur pour le revolver, je suis fonctionnaire de Police, je travaille au ministère de l'Intérieur. »

J'avais oublié le macaron dans la voiture. Je respire à nouveau. Il me montre son short, blanc avec des rayures bleues sur les côtés. Évidemment il est propre, je suis déçu, pas de traces de combat, puis Georges l'enfile, je pense que le fond va être maculé de sang, mais je ne dis rien. Après tout qu'il se débrouille. On reste un long moment étendus sur le lit. Bizarrement, Georges est devenu câlin, il me caresse nonchalamment, avec délicatesse, tandis qu'il me cause. Il est redevenu pessimiste comme dans la voiture. Il dit qu'il est seul, gros et moche. Il a oublié vieux, me dis-je. Je le console, je lui réplique que ce sont des bêtises, je n'ai pas à me forcer, je le pense, je lui dis que je le trouve canon, que je suis content à l'idée qu'il se souviendra de moi toute sa vie, que me donner son cul, ce n'est pas rien, c'est au-delà de toutes estimations.

« Mais tu ne reviendras jamais me voir, je le sais. Et quand tu me croiseras dans un sauna, tu feras semblant de ne pas me connaître. Je suis convaincu que tu n'as jamais baisé deux fois avec le même mec. J'ai raison, non ? »

Le pire, c'est que je ne peux pas le contredire. Mais ce n'est pas une fatalité, à mon avis ce n'est qu'une question de temps. Lorsque j'aurai trouvé celui que je cherche, je pourrai renouveler les actes. Depuis quelques mois, je me suis envoyé une centaine de mecs. Pour la plupart, je ne me souviens même plus de leurs visages. Quand je referme la porte derrière eux, ils se dissolvent dans l'air et dans mon esprit. Je ne tiens pas à entrer dans les détails avec Georges, je lui dis qu'il me plaît et que je veux le revoir. Il me donne son téléphone avec une moue dubitative. En me tendant le papier, il me souffle :

« Je ne te reverrai jamais. Tu es un loup. »

Je rigole, il rit puis il ajoute :

« Appelle-moi autrement que pour te faire sauter des PV. »

Je lui serre la main et je m'en vais. Il fait nuit noire. Je n'ai pas vu le temps passer. J'arrive à la maison. Valérie est déjà couchée. Il n'est que onze heures, mais elle dort. Elle n'a pas tiré les volets, elle a dû attendre mon retour, la fatigue l'aura surprise. Je me glisse dans le lit en faisant attention à ne pas la réveiller. Il y a trop de lumière dans la pièce, mais si je vais fermer les volets, le bruit la sortira du sommeil. Je distingue parfaitement Valérie dans la nuit. Je voudrais la border, ses jambes dépassent des draps. Je me lève. Je prends la couverture et le drap. Valérie dort en profondeur, elle ne sent pas que je refais le lit. Je m'approche d'elle. Je vois son ventre, je respire son parfum, une odeur familière, vanillée me saisit les narines. J'aperçois son ventre rond qui tend sa chemise de nuit transparente. Je vois son nombril qui pointe. C'est plus fort que moi, je suis trop excité pour pouvoir me contrôler, il faut que je me branle, que j'évacue les frustrations de la journée. J'ai envie de la douceur qui se dégage de Valérie. Je n'ai plus de douceur depuis un moment ou alors c'est de la tendresse de brutes. Je caresse ses seins. Je jouis sur son ventre en fermant les yeux. Lorsque je les rouvre, la lampe de chevet est allumée. Il n'a suffit que d'une seconde à Valérie pour comprendre la situation. Elle hurle, elle me dit que sa patience a des limites, que je suis complètement malade, que j'ai besoin d'une consultation chez un psy. Je lui réponds ce qui me passe par la tête :

« Mais c'est toi qui voulais assister à mes masturbations ! »

Maintenant, elle pense que je suis un sadique, un enfant pervers. Elle ne veut pas que je m'étende près d'elle, je suis prié d'aller dormir sur le matelas de secours, le matelas des invités, mon baisodrome. Je m'exécute. Il fait froid dans la chambre de bébé. Je n'ai ni drap ni couverture. Je vais dormir habillé, comme un misérable. La culpabilité m'envahit, je serai incapable de fermer un œil. Georges aurait dû m'abattre cette après-midi. Je suis un paria. Je suis un loup.

L'habitude m'a fait aimer madame Vinciguerra. Ce n'est plus une contrainte de venir à ces séances. Maintenant, j'arrive toujours avec au moins cinq minutes d'avance sur l'horaire prévu. J'aime attendre dans le petit salon. C'est une ambiance de vestiaire avant une rencontre importante. J'aime imaginer comment le docteur sera habillé, quel parfum elle aura mis, j'ai remarqué qu'elle en changeait selon son humeur, j'aime me demander si elle me laissera parler ou si en revanche elle m'interrompra. Aujourd'hui, j'ai revêtu une chemise orange, j'ai pensé qu'elle me donnerait bonne mine, j'ai envie de paraître en forme pour madame Vinciguerra. J'espère qu'elle aura passé sa robe bleu marine, je trouve qu'une certaine rigueur la rend belle, j'ai détesté son chemisier imprimé la dernière fois, j'ai failli lui dire d'éviter les faux Versace, mais peut-être inaugurait-elle son tissu bariolé, alors je me suis retenu. Les détails vestimentaires et esthétiques ont un rôle prépondérant dans notre relation thérapeutique. Depuis un mois, nous sommes en face à face pendant quarante minutes le mercredi et le vendredi. J'ai le temps de la regarder. Mes yeux ne bougent pas du docteur Vinciguerra, je m'interdis d'observer la pièce, les cadres sur le mur, les souvenirs de voyages, les jouets qui sont accumulés près du bureau. Je connais toutes les parcelles de son visage. J'aime sa petite bouche timide, ses rides qui partent des yeux (des témoins d'innombrables éclats de rire ?) et sa façon discrète de se maquiller. Je déteste les plis autour du cou, le faible volume des cheveux et ses boucles d'oreille désuètes. Je déteste aussi ses audaces de fringue. J'aime sa voix douce et chaude. Je n'ai pas envie de la décevoir, je suis gentil, je ne lui dis que des choses signifiantes.

C'est Valérie qui m'a poussé à consulter. Elle a parlé de nos problèmes au médecin qui lui faisait une échographie. Il lui a répondu que mon comportement n'était pas exceptionnel, que le ventre des femmes enceintes provoquait parfois des accès de panique chez les mecs. Il lui a parlé de madame Vinciguerra, une amie. Il a dit à ma femme que je n'étais pas fou, mais que j'avais besoin de parler. Valérie a noté l'adresse du psychiâtre-psychanalyste-sexologue. Le soir même, j'ai reçu une sorte d'ultimatum. Je devais appeler ce docteur. Il fallait que je me fasse soigner ou tout au moins que j'exprime mes craintes, que je les sorte de moi, que je les expulse de notre couple. Je lui ai demandé si le docteur était nécessaire, s'il ne fallait pas d'abord consulter un juge. Valérie m'a dit qu'elle ne voulait pas divorcer parce qu'elle pensait que tout cela n'était que passager. Elle a ajouté qu'on lui avait précisé que je n'étais pas un cas unique. C'était donc rassurant, c'était comme une grippe du désir, ce n'est pas mortel, mais ce n'est pas une raison pour ne pas se soigner. De plus, une voyante lui avait juré que je l'aimerais comme avant, une fois le bébé né (tout se passerait bien d'ailleurs). Que les choses reprendraient leur cours normal. J'ai pensé que, si Valérie se mettait à consulter des voyantes, alors c'était la fin du monde. C'est pire que les comètes géantes, plus effrayant qu'un raz de marée dévastateur. J'ai voulu argumenter, dire que j'étais un cas exceptionnel, qu'il se passait autre chose dans ma vie, mais je n'ai pas réussi à m'exprimer. J'étais déjà sur la corde raide. Valérie ne m'a toujours pas pardonné, nous faisons chambre à part. Plus la grossesse avance et plus il est difficile de se parler. Je suis devenu une sorte d'ennemi pour le bébé. Je suis déjà un mauvais père, mes pensées ne sont pas accaparées par la naissance prochaine. Je ne pense pas à aménager la chambre de bébé, je ne pense pas à faire des courses indispensables, à acheter une poussette (nous en possédons déjà deux), à lire tous les bouquins sur le sujet. Puis, nous ne sommes plus seuls. La mère de Valérie s'est imposée. Elle a pris une chambre dans un petit hôtel à cinq minutes à pied. Elle a un double des clefs, ainsi peut-elle arriver le matin lorsque nous dormons encore.

La vie est devenue infernale. Je ne peux plus recevoir à l'appartement. De toute façon, Valérie a obtenu de ne pouvoir travailler qu'à mi-temps. Alors je sors, je dis que je vais à la gym (c'est à moitié vrai), que je vais me documenter à la BPI (totalement mensonger), que je traîne avec des copains (vrai, mais pas dans le sens où l'imagine Valérie). Je baise toujours autant, avec autant d'inconnus, avec des gros chaque fois.

Madame Vinciguerra ouvre la porte qui sépare la salle d'attente de la pièce où trône un immense canapé oriental. J'aimerais bien m'allonger sur son divan, mais je crois que nous ne sommes pas ici pour faire un travail analytique sur le long terme, puis si je me couche sur les gros coussins, le sommeil va me saisir d'un coup. Je pose donc mon cul sur la chaise. Madame Vinciguerra s'assied dans son fauteuil. Elle est en bleu, mais ce n'est pas sa robe d'institutrice. Elle a encore mis un vêtement que je ne lui connaissais pas, elle a changé de mascara, celui-ci lui donne un air andalou, mon Dieu, ce qu'elle peut être coquette ! Je sens qu'elle remarque ma chemise, jusqu'à présent, je m'habillais toujours de la même façon, un jean noir et un polo gris. Ce n'était pas la tenue de Batman, c'était un uniforme de bagnard. Je voulais rester neutre, enfin que mon apparence le reste. Je ne voulais pas que la psy ait prise sur l'extérieur. Je me disais que seules mes paroles devaient avoir du poids, une signification. Mais j'ai compris qu'être habillé toujours de la même façon était encore plus signifiant, madame Vinciguerra n'est pas une conne. J'ai appris à la respecter. Il faut que je lui raconte le rêve de la nuit de mercredi :

« Docteur, j'ai rêvé de vous il y a deux jours. Vous étiez... c'est un peu cru, je peux vous le raconter ?

– Ne soyez pas gêné, continuez s'il vous plaît.

– D'accord. Vous étiez à ma place et moi à la vôtre, dans votre fauteuil. Mais je n'avais pas l'impression d'être dans un rêve, il n'y avait pas d'élément de fantastique, tout semblait être la réalité. Malgré les places interverties, vous étiez le docteur et moi le patient. Au bout d'un moment, je m'agenouillais à vos pieds. La chaise se dépliait, elle changeait de forme, je ne sais pas si vous allez pouvoir imaginer comment la chaise se transforme, mais c'est très clair dans mon esprit, je pourrais même la dessiner. Votre dos partait vers l'arrière, disons à quarante-cinq degrés, puis du dossier sortaient des repose-pieds...

– Vous voulez dire des sortes d'étriers ?

– Oui, je n'avais pas fait le rapprochement avec l'accouchement... Enfin, vous vous retrouviez penchée en arrière, les jambes écartées et relevées. Vous aviez des talons aiguilles comme dans les pornos américains, mais vous ne portiez pas de lingerie, juste une blouse d'infirmière multicolore. Vous remontiez la blouse et là je vois votre sexe avec, excusez-moi, juste un timbre poste de poils. Je trouvais ça très beau, alors j'ai commencé à lécher. Je léchais puis au bout d'un instant, je butais sur quelque chose, c'était une chose ovale très dure comme de la pierre, disons trois ou quatre centimètres, c'était recouvert d'une pellicule argent, vous savez comme dans les jeux de hasard, le Tac-o-tac je crois, je la grattais avec ma langue et à la fin apparaissait un point d'interrogation. Voilà. »

Madame Vinciguerra a quitté mon regard pour écrire quelque chose sur son calepin. Je vois que le rose de ses joues transperce la couche de fond de teint. Elle est confuse, si ça se trouve elle est en train d'écrire n'importe quoi juste pour reprendre ses esprits. J'ai eu tort de lui raconter cette histoire de point d'interrogation. C'est la seule chose inventée. Je ne sais pas trop pourquoi j'ai ajouté cet élément à la conclusion de mon rêve. C'est un peu surréaliste, on dirait du mauvais Dali. Je pense que je l'ai inventé pour avoir une excuse. Avec ce prétexte, je peux lui raconter mon plaisir à lui bouffer la chatte dans un rêve. C'est l'élément mystère qui justifie l'obscène précurseur. Mais j'ai eu tort, madame Vinciguerra est loin d'être une conne. Apparemment, elle a repris ses esprits. Elle me demande d'expliquer mon rêve.

« C'est vrai que vous m'avez mis sur la voie avec votre histoire d'étriers. Il est question d'un accouchement, je crois. Il y a une femme, mais son sexe est mystérieux.

– Mais ce n'est pas vraiment son sexe, non ? Vous butez sur quelque chose d'inconnu, dur, je dirais "impénétrable". Qu'en dites-vous ? »

Pourquoi ai-je été inventé cette histoire de

conque barrée d'un point d'interrogation ? Il n'y avait pas d'obstacle, je me régalais à lui lécher la chatte. Je décide d'entrer dans son jeu :

« Eh bien ... C'est ou bien l'enfant à venir ou bien le mystère entier de la femme. »

J'ai peur que madame Vinciguerra traduise mes trois « bien » prononcés dans une phrase aussi courte par : il va mal.

« La naissance est prévue vers quelle date ?

– Valérie va bientôt entrer dans son septième mois.

– Avez-vous peur que l'enfant casse la relation que vous aviez avec votre femme ? »

Mais qu'est-ce que c'est que ces questions à la con ? La Vinciguerra me déçoit. Évidemment qu'être trois ce n'est pas la même chose qu'être deux. Tout a basculé le jour où Valérie m'a annoncé que nous allions avoir un enfant. La Valérie que je connaissais est morte ce jour-là et le Pierre d'alors est moribond. Un autre est apparu que je n'identifie pas encore et que je contrôle encore moins. Je me souviens d'avoir désiré ardemment être père. C'était avant, lorsque je croyais que c'était la solution :

« Je vous ai déjà expliqué, docteur, que je n'ai pas voulu cet enfant au départ. Jusqu'à l'âge de vingt-deux, vingt-trois ans, je voulais être père à tout prix, je faisais chier toutes mes copines avec cette obsession. Je voulais être père jeune. Enfin, je voulais surtout constituer une famille. Un jour, j'ai même cogné sur Sandrine parce que j'avais trouvé un papier de l'Assistance publique. J'étais persuadé qu'elle avait été se faire avorter sans me prévenir.

– Créer une nouvelle famille pour oublier l'ancienne ?

– Exactement. Mes parents avaient du pognon, mais j'ai vécu dans la pauvreté. J'ai souhaité leur mort puis j'ai cherché à fuir. Un jour, j'ai compris que mon idée de paternité était vaine comme le reste. Ce jour-là, j'aurais pu mourir de chagrin.

– Que s'est-il passé ce jour-là. Vous serait-il possible de m'en parler ?

– À la fin de sa vie, mon père s'était retiré dans son village italien. Je l'avais rejoint pour un long week-end. Il n'y avait que nous, mais on ne se parlait pas. On prenait nos repas en regardant la télé. Il faudrait casser tous les postes dans les salles à manger et les chambres à coucher. Mon père avait dans les soixante-quinze ans, il était atteint d'un cancer de la prostate, je l'ignorais, il marchait avec difficulté depuis une opération à la hanche, il souffrait de partout. On aurait dit un olivier desséché. C'était la première fois qu'on se retrouvait seuls. Ce n'était pas quelqu'un qui parlait beaucoup, puis il avait passé son existence à travailler. Entre nous, ce n'était pas la haine, c'était l'ignorance. Il avait les mêmes rapports avec mon frère aîné. Il m'a raccompagné à la gare de Turin. Le train était en retard. Il s'est senti obligé de m'inviter au restaurant. À table, il n'y avait pas de télé, alors il s'est mis à parler, le vin aidant, une incartade, il a commencé à me raconter sa vie que j'ignorais totalement. Deux heures après, on s'est serré la main sur le quai. Dans le train, je me suis dit qu'il fallait qu'on pratique sur moi une vasectomie. Je ne voulais plus être père. J'ai compris qu'il y avait toutes les chances que je sois un aussi mauvais père que le mien. Il m'avait touché, il m'avait ému à mort, j'avais pleuré pendant tout le repas sans qu'il ne s'en rende compte. C'était à la fois un mec admirable et un pauvre type. Ce n'était pas sa faute. Il y a des pudeurs mortelles entre les êtres. On peut être quelqu'un de bien et un père de merde.

– Qui vous dit que vous agirez forcément de la même façon ?

– C'est l'idée de n'être pas sûr d'échapper aux mêmes schémas qui est insupportable. Je ne voulais plus d'enfant pour ne pas prendre de risque. Je ne veux pas que quelqu'un souffre autant que j'ai souffert.

– Mais votre père n'était pas le seul en cause, enfant, vous aviez des rapports conflictuels avec votre mère.

– Je n'ai jamais vu mes parents s'embrasser, je n'ai jamais remarqué le moindre geste tendre entre eux, je n'ai jamais entendu une parole gentille. Chez nous, bonjour, merci, s'il te plaît, bonne nuit étaient des mots inconnus. Mes parents ne m'ont jamais pris dans leurs bras, en tout cas pas depuis que mon cerveau enregistre. Je n'ai pas eu le droit au plus minable des câlins. Ma mère me frappait pour un oui ou pour un non, avec un martinet ou avec un journal. Il y avait un chien qui servait d'exutoire à notre tendresse. C'était le dépotoir à baiser. Il a fini psychopathe, on ne l'a même pas fait piquer afin d'atténuer ses souffrances. Nous étions des bêtes sauvages vivant dans un confort petit-bourgeois. C'était ça la famille. Comment voulez-vous que le fait d'être bientôt père de famille ne me trouble pas au plus profond ? Lorsque Valérie me l'a appris, il était déjà trop tard. »

Je regarde ma montre. Bientôt la fin, j'entends la secrétaire ouvrir la porte à celui qui va me succéder. Je déteste cette séance. J'ai l'impression de me justifier. En plus, je n'ai dit que des choses déjà parfaitement assimilées. Je me demande même si je vais revenir. Je viens plus pour Valérie que pour moi. Madame Vinciguerra m'a fait comprendre que j'aimais encore ma femme. Je sais que je l'aimerai jusqu'à la fin de ma vie. Je repense à notre rencontre, j'avais été subjugué par son indépendance, son humour, sa façon de virevolter sans cesse. J'avais voulu la conquérir aussitôt. Je m'étais dit que je serais fier qu'une fille comme elle me dise oui. En un instant, j'avais vu tous les cas de figure. J'avais même imaginé la séparation. On pourrait se quitter sans se perdre de vue, tout en restant amis. Oui, j'avais imaginé cela avant de commencer à lui faire la cour. Mais je crois au destin, je crois que ce sont les gens que l'on rencontre qui nous permettent de dessiner notre avenir. Je voyais la vie ainsi avec elle, je sais que les accidents arrivent, mais je suis certain que les choses projetées se réalisent. Peut-être allons-nous nous séparer, mais ce n'est plus un problème, combien d'enfants vivent aujourd'hui dans une famille unie jusqu'à leur majorité ? Nous resterons proches, peut-être serai-je un père attentionné et présent. Cependant, il n'est pas encore dit que la séparation soit inéluctable.

Je regarde madame Vinciguerra comme si je la voyais pour la dernière fois. Je ne sais plus si ma présence dans son cabinet est utile. Je ne lui ai pas raconté que je baisais avec des gros depuis cinq mois. Elle ne comprendra jamais que c'est une simple affaire de goût. Elle voudra faire des rapprochements, elle me parlera de Jonas et la baleine, du Petit Poucet et à un moment ou à un autre, j'aurai droit à un cours sur la castration. Mais bizarrement, je lui ai dit d'emblée que j'étais bisexuel. Elle m'a demandé si ma femme était au courant. Je lui ai répondu que non. Quelque part, j'ai été vexé de passer pour un dissimulateur. Je ne sais pas pourquoi je suis incapable d'évoquer le nœud de l'affaire. Je crois que c'est par peur de l'évidence. Le gros ventre de ma femme me fait penser aux gros ventres des hommes. Ou alors c'est l'inverse. En fait, ce n'est pas si évident, mais c'est que tout a commencé le jour où j'ai appris qu'elle était enceinte. C'est cette corrélation qui me gêne, j'ai peur que madame Vinciguerra pense que je me fous de sa gueule si je lui raconte l'exacte vérité ou alors qu'elle m'envoie dans un asile. Alors, je lui parle du désir des hommes de manière indirecte. Je lui ai dit que mon côté homosexuel s'était révélé pendant les années passées au cours Dunor. Il y avait beaucoup de gays chez les apprentis comédiens et l'homosexualité, comme toute autre transgression, était plutôt encouragée. Mais je ne baisais pas à cette époque, je jouais au bi pour faire bien, pour faire moderne. Je racontais des coucheries avec des mecs à Claude et aux autres. Je m'inventais des histoires à l'extérieur sous prétexte qu'il n'y avait jamais quelqu'un à mon goût au cours. Grâce à cette ruse, on me foutait la paix et je pouvais draguer toutes les filles. Du reste, un zeste d'ambiguïté renforçait mon pouvoir de séduction auprès d'elles. Maintenant, je pense que si un beau costaud pédé était venu apprendre l'art dramatique, cela aurait peut-être pu déclencher mes pulsions actuelles. Mais nul ne refait l'histoire. C'est lamentable de raconter des conneries à son psy, mais cela peut être utile, cela fait réfléchir. Si je lui ai dit que j'étais bi depuis des années, c'est au fond que je le pense dorénavant. Je ne baisais pas, mais les choses étaient en place. Tout n'a pas commencé avec le boulanger. C'est étrange de comprendre que ce n'est pas la foudre qui m'est tombée dessus, ni une fièvre subite, que l'incubation a été longue. Pourtant, je ne me sens pas malade d'aimer les gros, il me faudrait juste un peu de modération. C'est vrai que je suis un peu nympho. Il faut que je diminue. J'ai besoin de contrôle. Je vais rester encore un peu, finalement madame Vinciguerra peut m'être utile à calmer le jeu et à rétablir l'équilibre, un peu de Valérie, un peu de gros et la terre est plus belle.

C'est l'heure. Je me lève. Je me dirige vers la sortie, madame Vinciguerra me suit. Elle ouvre la porte, je lui dis « au revoir » et je lui tends la main. Je ne lui serre jamais la main au début d'une séance, je ne sais pas pourquoi j'ai inventé ce rituel ridicule. Je lui dis : « À mercredi », j'appuie sur le bouton de l'ascenseur, elle referme la porte et je descends par l'escalier comme toujours. Mes pas me dirigent automatiquement vers une brasserie à l'angle de la rue. Je commande un café. Je viens ici après chaque rendez-vous pour décompresser, j'y reste une demi-heure en prenant des notes sur mon carnet. De plus, j'ai un petit béguin pour un livreur de boissons. Je me dis que c'est une drôle de coïncidence, il apparaît à la même heure quand je suis là, pourtant il ne doit pas livrer tous les jours ou alors la gestion des stocks est terriblement mal organisée dans ce café. Il est du genre renfrogné, je ne l'ai jamais vu autrement que de mauvaise humeur. J'adore le voir porter des caisses de rouge sur les épaules. Parfois, pour accélérer la cadence, il se charge comme un baudet. Il a une façon amusante de faire rouler les citernes de bière. Il est couvert de tatouages violets plus laids les uns que les autres. Il a les cheveux en pétard et sa moustache est aussi fournie qu'une aisselle de Sicilienne. Son dos, ses épaules, ses avant-bras ne sont que masses. Malheureusement, il a le cul un peu flasque et une bedaine lâche. Mais je me le taperais volontiers dans la réserve à pinards. J'ai beau me dire qu'il ressemble au Beauf de Cabu, qu'il partage sans doute les mêmes opinions politiques, qu'il me jette des regards méprisants depuis qu'il m'a repéré, qu'il doit se dire : « Tiens voilà la folle du mercredi et du vendredi, la pédale du Pont Mirabeau », qu'il est sale et qu'il exhale une sueur rance, je le désire quand même. Je suis incapable de résister à un beau costaud en tablier de travail. J'aimerais tant qu'il me donne son tablier bleu et sa large ceinture de cuir qui lui sert à éviter les risques de hernie, je paierais même afin qu'il me laisse monter dans son camion et qu'il me fasse partager sa tournée, et puis s'il me le demande, je l'aiderais de bon cœur à charger les caisses vides.

Aujourd'hui, mon chéri est remplacé par un petit vieux au physique ingrat mais à la force herculéenne. Il a des mains en forme de battoirs, superbes, mais le reste n'a aucun intérêt. J'aime bien les livreurs de débits de boissons. C'est une nouvelle profession à ranger dans mon panthéon personnel avec les bouchers, les dockers, les déménageurs, les routiers, les cantonniers, les videurs, les gardes du corps, les pompiers et les CRS bien que leur connerie viscérale soit franchement débandante. Il faut que je me calme, je suis en train de tomber dans le grotesque, dans la Lady Chatterley du Marais. Je ris un bon coup, je repose ma tasse en tremblant, la soucoupe est inondée de café. J'ai ri parce que je me suis dit : « J'ai envie de les enfiler donc c'est rassurant. » Merde, il y a du café sur mon carnet ! Je vérifie le contenu avec hâte, non, ça va, les pages ne sont pas tachées. J'essuie la couverture avec un mouchoir en papier. Je tiens ce carnet depuis que je consulte madame Vinciguerra. En fait, j'écris à l'intérieur tout ce que je ne veux pas lui dire mais qui remonte à la surface pendant les séances. Je note ce qui m'aide à comprendre mon désir des gros. C'est un peu comme si ce calepin contenait une équation, oui, la formule secrète du lien entre les gros et moi. Je l'ai toujours sur moi. J'ai pensé que ce serait plus pratique d'entrer les données sur mon ordinateur, je pourrais faire ainsi des coupés-collés, reclasser l'ensemble dans sa chronologie, mais j'aime l'idée du carnet désuet, un mince cahier d'écolier à gros carreaux. Par ailleurs, je me méfie d'une page tirée sur l'imprimante lisse et impersonnelle, j'aime mes ratures, mes hésitations, les traces des différents crayons utilisés. C'est l'album d'un pauvre petit Narcisse délaissé par ses parents et partagé entre son amour pour Hercule et la panse de Dionysos. J'ai écrit en pensant à madame Vinciguerra. Peut-être me servirai-je un jour de ces notes avec elle, aussi je les rédige comme si je lui parlais, sans la crainte d'être interrompu. En voici le contenu à ce jour :

« **9-10 ans.** Mon grand copain d'alors était Antoine. Il avait des difficultés scolaires mais était craint dans la cour de récréation. Je n'ai jamais su réellement ses origines, il était sans doute métis. J'étais amoureux de sa mère qui était sublime et conduisait un cabriolet Alfa Roméo en fourrure mauve. C'est à cause d'elle que j'ai connu le mot humiliation. C'était en vacances au bord de la mer, Antoine avait fait un caprice, il avait refusé de partir si on ne m'emmenait pas. J'étais donc parti avec lui dans un hôtel très classe sur la Riviera en compagnie de sa mère et du dernier amant en date. Le premier soir, elle s'était approchée de nous, Antoine et moi nous partagions un grand lit à baldaquin, elle venait dire bonne nuit, je ne connaissais pas cette cérémonie, elle s'est donc approchée de moi, m'a embrassé le front, j'étais hyperamoureux, puis elle m'a regardé d'un œil sévère, enfin elle m'a dit : "Mais est-ce que tu as fait ton petit caca ? Je ne t'ai pas vu aller aux toilettes durant le voyage." Antoine a ri aux éclats. J'aurais aimé être considéré autrement que comme une usine à merde. J'adorais Antoine, pourtant il passait son temps à me foutre des branlées, à me pincer, à me mordre, à me cogner avec ses poings. Bon, je répliquais toujours. Parfois il fallait sortir le Mercurochrome. Les week-ends, nous allions chez son père qui avait réussi dans le show-business. C'était une maison de style normand dans les Yvelines, le parc était gigantesque. Aussitôt arrivé, Antoine me déshabillait et m'attachait à un arbre. Il n'y serait jamais arrivé tout seul, mais il avait l'aide complice de son jeune cousin. Je me souviens une fois d'être resté au moins trois heures sous la pluie et dans le froid. Mais la plupart du temps, les captures étaient brèves. Juste le temps de me fouetter avec un ceinturon ou alors avec une portion de circuit automobile électrique. Les salauds n'y allaient pas de main morte. Parfois mes hurlements attiraient l'attention du père et j'étais libéré sous son ordre. Une fois, j'ai cru mourir, Antoine m'avait bombardé de merdes de chien, son père possédait deux dogues allemands. Mais cela ne l'avait pas calmé. Lui et son cousin avaient décidé de m'en faire bouffer. Le cousin tenait une branche badigeonnée de merde et Antoine essayait de maintenir mes mâchoires ouvertes. Ils n'ont pas réussi à introduire le bâton dans ma bouche, mais j'avais les lèvres barbouillées de merde. Ils ont pris toutes leurs précautions avant de me détacher, je n'ai pu me venger qu'à l'heure du goûter : j'ai renversé sur la tête d'Antoine un bol fumant de Nesquick. Il a été sévèrement brûlé, le lendemain il avait des cloques comme des ampoules. Cela ne m'a pas empêché de revenir le week-end suivant et de me faire ligoter à nouveau. On appelait cette cérémonie furieuse : le poteau du scalp. Ce n'était qu'un jeu pour nous, une version parisienne des cow-boys et des indiens. Tous les deux nous ne connaissions que la violence et les rapports de force. Ses parents étaient divorcés. Il vivait chez sa mère qui se barrait dès qu'elle rencontrait un nouveau mec. Antoine haïssait tous ces demi-gigolos qui le lui rendaient bien, alors il se vengeait sur les jeunes filles au pair, il les torturait littéralement, il me demandait parfois de participer, mais j'allais au catéchisme, alors je torturais juste un peu car je savais que c'était mal. J'étais fasciné par Antoine même si j'avais conscience de sa méchanceté. J'allais chez lui à la campagne, car ses parents étaient plus riches que les miens, son père connaissait les Martin Circus, je trouvais cela hyperclasse, c'était une vie de rêve, puis on nous laissait tranquilles, je n'avais pas peur de prendre des coups et de les rendre. J'allais à la campagne surtout parce que c'était ça de moins avec mes parents. Malheureusement, la vie de pacha prit fin ; un jour, pendant ma toilette, ma mère a forcé la porte de la salle de bains, je n'ai pas réussi à cacher les rainures sur mon dos, conséquence : on ne m'a plus jamais laissé seul avec Antoine. C'est vrai qu'il était salement costaud, à dix ans il ressemblait à un petit taurillon. On a fini par se faire la gueule en classe. Les copains étaient étonnés, eux qui nous avaient surnommés : le Muscle et le Cerveau. À l'époque, je me prenais pour une star, j'étais le chouchou de la maîtresse, il faut dire qu'être bon élève n'était pas difficile, lire ou étudier, c'était du temps passé en moins avec les parents. Comme je pensais être la vedette, il m'était indispensable d'être entouré par ce que la classe comportait de mieux : les plus jolies filles et les garçons les plus costauds : Antoine et José, un Portugais trapu. La rentrée suivante était le collège, je n'ai jamais revu Antoine. On m'a dit l'année dernière qu'il avait déjanté : il s'est mis à outrance au culturisme, il collectionne les armes à feu et tire à blanc sur les Arabes qui font du bruit dans la rue. »

« **15 ans.** Juin 198… Je suis à Brighton avec Serge, le fils de Claude Dunor. Nous passons des vacances linguistiques. Notre famille d'accueil est composée de deux insupportables petites filles à couettes, de la mère, grandes dents et tâches de rousseur, et de Tim, le père, un chauffeur routier moitié bœuf moitié barrique de bière avec l'Union Jack tatoué sur le biceps. Une après-midi alors que la maison est vide, Serge et moi décidons de fouiller la chambre à coucher du couple. Sous le lit nous trouvons une petite valise, à l'intérieur, des revues pornos, de la vaseline et deux godemichés durs et roses. Serge en déduit que Tim est impuissant, les revues servent à l'exciter, mais il ne peut pénétrer son épouse qu'avec les ustensiles. Moi, je crois surtout que Tim est un gros cochon. En tout cas, Serge et moi nous écartons l'idée que le mari ignore cette mallette, les revues sont destinées avant tout à un public masculin. Le soir même, j'ai du mal à m'endormir. Je n'arrive pas à croire que le gros nounours taciturne est un chaud lapin, mais je finis par admettre que c'est un être sexuel, non un pervers. Je n'ai jamais imaginé mes parents baiser ensemble. Cette nuit-là, je pense que notre parent d'accueil est le sexe. Je n'arrive pas à dormir car je fantasme sur Tim, je le vois dans la pièce voisine introduire les godemichés dans les orifices lubrifiés de sa femme tandis qu'elle le suce. »

« **12 ans**. J'ai vu dans un magazine une publicité au sujet d'un Scoubidou en peluche. Je ne sais plus pourquoi, mais c'est devenu une véritable obsession, je veux un Scoubidou en peluche. Je fais des caprices puis des crises. Je veux qu'on m'achète un Scoubidou en peluche. Je ne mange plus, je pleure sans cesse. J'essaie d'argumenter en disant que mes copains ont de l'argent de poche et pas moi. Mes parents me disent que je n'ai plus l'âge des jouets en peluche. Mon frère se fout de moi. Mon père finit par craquer, il m'emmène dans le magasin de jouets de la rue Caulaincourt, à deux pas de la maison. Je sais que, en allant dans cette boutique ringarde tenue par une vieille bique moisie, je ne trouverai pas un Scoubidou en peluche. Mais je ferme ma gueule. Évidemment, on n'en trouve pas. La bique dit : "Mais j'ai de belles peluches, regarde !", mon père : "Vas-y, pas grave s'il n'y a pas celle de la pub !" J'ai envie de dire : "Vous me prenez pour un débile ? Je n'ai pas besoin d'une peluche, je veux un truc dans le vent", mais je ferme ma gueule. La sorcière me tend un ours brun, je le prends en pleurant, je ne le lâche plus, mon père paie et nous rentrons. C'est l'unique cadeau que mon père m'ait fait en dehors des fêtes de fin d'année ou de mon anniversaire. Le chien familial ne suffisait plus à aérer l'atmosphère, j'avais besoin d'un truc à moi, rien qu'à moi, pour déverser ma tendresse. J'ai dormi deux ans avec Teddy avant que, sur les conseils de Serge, je ne finisse par le jeter dans une poubelle anonyme. »

« **16 ans**. Nous sommes en famille en Calabre. Ce sont les traditionnelles vacances de la mi-août, mon père prenait ses seuls quinze jours de vacances de l'année à cette date. Nous sommes au complet au bord d'une plage. Il fait chaud. Je m'emmerde. J'observe un type jouer avec sa famille. Il est râblé, il a les cuisses musclées, un dos puissant, etc. On voit son sexe et ses couilles à travers le boxer-short riquiqui. Il a fini de jouer avec une petite fille blonde. Il s'étend près de sa femme dont il envahit le drap de plage. Elle dort. Il lui caresse le creux des bras puis le ventre. Il se rend compte que je l'observe. Il me fait un clin d'œil. Je rentre à l'hôtel, je me couche et je me branle comme un malade pendant des heures. Je pensais que j'étais un voyeur ou un partouzard potentiel. Je ne comprenais pas pourquoi j'étais dans un tel état. Aujourd'hui, j'ai compris ce qui m'excitait : je voulais juste que le père de famille me caresse et me baise. »

« **13 ans**. En Sardaigne. Ce sont les vacances d'été. J'entre dans la chambre de mes parents. Mon père dort nu sur le lit. J'ai cru un instant qu'il était mort. Je m'approche de lui. C'est la première fois que je le vois ainsi. Il ronfle. À chaque inspiration, la lèvre supérieure se redresse. J'aperçois ses dents. Il a les dents écartées, un diasthène. Je le trouve laid. Il est très bronzé. Ses jambes sont extrêmement fines, il a les mêmes articulations que moi. Je vois les poils du pubis. Ils sont roux. Il m'avait dit qu'il était rouquin enfant. J'en ai la preuve. Je regarde sa bite. Elle est flasque, je pensais qu'il avait une queue plus grosse, je pense que j'aurai la même plus tard. Je trouve ses couilles qui pendent moches. Je m'approche davantage. Un moment, je me dis que je pourrais lui toucher le sexe. L'envie passe dans mon esprit, mais je préfère m'en aller. Il a soixante-cinq ans. Je me dis qu'il est vieux. Je me dis qu'il est faible. Je n'ai plus peur de lui. »

« **9 ans**. Chez mon oncle à la campagne. Les fils de Iacinto avaient été champions d'Europe de culturisme dans leur jeunesse, l'un était magnifique, l'autre, un monstre. Le beau était mon parrain, Mario, il avait cinquante ans alors que j'en avais neuf. C'était pourtant mon cousin germain, mais tout est décalé dans la famille, mon père m'a eu à cinquante ans passés et son frère Iacinto avait vingt ans de plus que lui. Donc, un jour, à la campagne, je suivais discrètement Guido, quarante-huit ans, le monstre, dans les allées de poiriers. Tout le monde le détestait, je ne sais pas si c'est parce qu'il était petit, chauve ou parce qu'il ratait tout ce qu'il entreprenait dans les affaires. Il faut dire aussi que son frère resplendissait de trop. En plus, il était bizarre, quand mes parents l'invitaient à dîner, il ne refusait aucun plat, il se servait en viande alors que nous savions depuis des années qu'il était devenu végétarien. Il mâchait consciencieusement la chair et la recrachait dans le creux de sa main, puis il la donnait au chien ou la faisait glisser dans un sac plastique coincé entre ses jambes. Il pensait que nous ne nous en rendions pas compte. Le pauvre, c'était un véritable spectacle auquel on assistait ! Je crois qu'on continuait à l'inviter et à lui servir du rosbif dans le seul but qu'il avoue recracher la barbaque. Il ne l'a jamais fait. Le pire souvenir que j'ai de lui est son odeur, il empestait le restaurant chinois, la sueur et l'ail. Dans l'allée de poiriers, je me cachais derrière les arbres afin qu'il pense être seul. Il était en maillot de bain, son corps glabre (il se rasait partout) était très impressionnant : des muscles en pagaille, mais tout donnait l'impression d'être noué, une véritable carcasse de nœuds. J'ai commencé à lui envoyer des poires vertes, c'est devenu une pluie ininterrompue. Je devais avoir envie de le lapider, peut-être de l'exterminer tellement il me faisait horreur. Il n'a pas tardé à répliquer, il s'est mis à me courir après. Il m'a vite rattrapé et m'a jeté à terre. Il m'écrasait de son poids et me maintenait entre ses cuisses. Il m'a arrosé de coups. J'ai hurlé, mais personne ne m'entendait. Il me tapait dessus sans doute en n'employant pas toute sa force. Mais le pire, c'était le contact de ce corps lisse et bombé qui était enduit d'huile comme chez les sportifs. C'était une abomination, j'aurais préféré qu'il me tabasse habillé. J'ai souhaité très fort mourir pour échapper à cette nausée. Puis il s'est relevé et m'a traîné sur le chemin de graviers pendant une trentaine de mètres. J'ai pensé qu'il allait me tuer, mais au bout d'un moment, il m'a aidé à me relever. Il m' a fait jurer de ne rien dire à mes parents ou à mon oncle, qu'il serait gentil avec moi si je fermais ma gueule. Évidemment, je me suis empressé d'aller me plaindre et de raconter les événements. Mais à ma grande stupeur, alors que Guido était le personnage honni de la famille, on m'a répondu que je l'avais bien cherché, on a juste engueulé le culturiste cogneur pour mes fringues déchirées. Aujourd'hui, en écrivant ce souvenir, tout est confus dans ma tête, je me demande s'il ne manque pas quelque chose au tableau, cryptomnésis ou fantasme projeté, en fait il est possible que Guido m'ait violé, mais je n'arrive pas à me souvenir, j'étais un enfant qui affabulait énormément, j'inventais des histoires, il m'est difficile de me rappeler la réalité exacte. En tout cas, je me souviens que peu de temps après, Mario s'est pendu dans le Bois de Boulogne, je crois qu'il ne supportait pas l'idée de vieillir et de perdre sa femme. »

« **Enfant**. Je voulais qu'on change de race de chien quand Vicky est mort. J'ai toujours aimé les gros chiens, les bouledogues, les saint-bernard, les terre-neuve, les bobtails. Je trouve les chiens massifs et trapus aussi affectueux qu'adorables malgré leurs merdes énormes. Ma mère prit à la SPA un nouveau fox-terrier. Il y avait écrit "caractériel" sur la cage. »

« **24 ans**. J'avais demandé à Sandrine si elle avait un fantasme particulier. Elle m'avait dit qu'elle aimerait bien faire en même temps l'amour avec moi et avec un autre copain. J'avais trouvé l'idée très sympa. Au cours Dunor que nous fréquentions tous les deux, le choix se résumait à trois hétéros. On a demandé à Patrick, le plus drôle et le moins coincé. Il a dit d'accord. On a fumé des pétards et on a bu pas mal, puis on s'y est mis. Cela s'est très bien passé, j'ai juste été un peu vexé de voir Patrick baiser avec autant d'endurance. Sandrine jouissait sans retenue. Pendant qu'il la pénétrait, je regardais le cul de Patrick. Il avait un très beau cul ferme. Je me souviens d'avoir eu envie de le sodomiser, mais je n'ai pas osé lui demander, il faut dire aussi que j'avais peur qu'il accepte et qu'il me demande la réciproque. J'en avais parlé à Claude le lendemain, elle avait beaucoup ri et m'avait dit que j'étais un petit con, c'était particulièrement affectueux de sa part. »

« **10-12 ans**. Gianni. C'était en Italie dans le village paternel. Gianni, bien sûr. »

Je ne me lasse pas de le regarder. Le soleil lui fait hommage. Thierry est tout éclaboussé de lumière. Les poils de ses cuisses sont devenus des fils d'or, mon Dieu, ce que je peux aimer cette chair rose et dorée ! Un rayon vient buter contre son oreille gauche qui aussitôt prend une teinte écarlate. Le cartilage est maintenant rouge orangé, on dirait un abricot sec, j'ai envie de croquer, j'ai envie de refaire l'amour avec lui. Mais je ne veux pas le réveiller, puis le contempler en silence est déjà un plaisir extrême, je l'observe comme un voleur convoitant un trésor ou plutôt comme une mère veillant sur son petit. Je me demande comment il fait pour dormir ainsi, moi, après tant de plaisirs, je ne peux pas fermer les yeux, le bonheur est un excitant. Il y a dix minutes encore, nous étions emmêlés l'un à l'autre, nous roulant pelles sur pelles. J'étais baigné de sueur, baigné de sa sueur. Puis on a joui chacun sur le corps de l'autre, le sperme de Thierry a jailli sur ma bouche, sur mon cou et sur mes seins et le mien, sur son ventre, précisément sur la ligne de poils entre le nombril et le pubis. On ne s'est pas levé pour aller s'essuyer ou pis se doucher, on n'a pas été pisser non plus, ce n'était pas pour éviter de casser l'ambiance mais parce que cela semblait naturel de rester dans le lit enlacés. Thierry m'a donné un bécot sur les lèvres puis tranquillement, il s'est retourné et, sur le flanc droit, s'est endormi. Maintenant le soleil joue à cache-cache avec lui. Je voudrais remercier ce nuage qui permet un spectacle aussi admirable, tantôt Thierry est dans l'ombre, tantôt il est éblouissant. C'est un show perpétuellement renouvelé, j'ai envie de hurler : « Aaah ! » à chaque lever de rideau. Je ne sais pas s'il imagine à quel point je le trouve beau. Peut-être ne vaut-il mieux pas, il aurait peur et serait capable de prendre la fuite. On dit que dans l'amour, il ne faut jamais montrer ses attaches et sa dépendance, c'est paraît-il donner des armes à l'ennemi. Moi, je m'en fous, je préférerais que Thierry comprenne mon désir et mon amour. Je souhaiterais même lui dire que je peux mourir maintenant que je l'ai rencontré, que mon bonheur est si grand que la terre peut s'arrêter de tourner et m'ensevelir. Je n'ai pas peur du ridicule. Je n'ai pas peur d'être un esclave. Je n'ai pas peur de mourir. Je veux juste vivre ces moments passés en sa compagnie, le reste, je m'en fous éperdument.

Thierry est arrivé dans ma vie il y a trois semaines. Après un plan sordide avec un gros porc, j'avais repensé aux paroles de Georges : « Tu es un loup. »

Je me souvins également qu'il m'avait dit que je ne trouverais jamais la personne que je cherche, que mon ordinaire serait composé uniquement de coups sans lendemain. Mon moral était descendu encore plus bas. Je m'étais juré : « Je ne veux plus de baises, je veux un copain. » Je pensais que ma vie avait définitivement basculé, terminée l'éducation, je voulais être. Puis penser à Georges avait fait ressurgir cette histoire de club de rugby et de jeune pilier prometteur. J'ai rappelé le flic. Il a été très surpris d'avoir de mes nouvelles, mais, heureux, il gardait un excellent souvenir de notre rencontre. Au téléphone, il m'a dit qu'il avait eu mal au cul pendant une semaine, mais que dorénavant il se faisait mettre régulièrement, je lui avais ouvert l'appétit. J'ai pensé qu'il s'exprimait librement, sans crainte, bien qu'on m'ait affirmé que les fonctionnaires de police importants comme Georges étaient tous sur écoute. J'ai pensé que les Renseignements Généraux devaient être bidonnés de rire. Il n'arrêtait pas de me parler. Sa joie était embarrassante, il allait sans doute se vexer à mort si je lui disais la vérité, que je le contactais dans l'intention de me faire son élève. Donc, j'ai accepté une invitation à dîner, ça me faisait chier, mais le jeu en valait la chandelle, je ne sais pas pourquoi j'ai toujours su qu'il y avait une histoire sentimentale à la clef. Le dîner s'est bien déroulé, on a été bouffer dans un restaurant basque. Dans un lieu public, j'étais en sécurité, il n'y aurait pas de plan cul. Georges buvait comme un trou, mais il n'était pas ivre, même pas gris. J'ai calculé que, comme il pesait deux fois plus que moi, il avait par conséquent le double de litres de sang. J'ai imaginé une baignoire remplie de sang. Georges pouvait avaler deux fois plus de pinard que moi. Nous en étions à la deuxième bouteille et la tête me tournait sérieusement. À la fin du repas, Georges parlait très fort, je suis certain que les tables voisines entendaient notre conversation. Il parlait de sodomie et d'amour. Il disait qu'il avait un mec maintenant, qu'il pensait emménager avec lui, que c'était merveilleux, qu'ils n'arrêtaient pas de se prendre, qu'au début il avait eu du mal, son copain a une bite moins fine que la mienne (un jour ou l'autre, je vais aller chez Décathlon, j'achèterai une batte de base-ball en bois lourd avec laquelle j'irai fracasser la gueule de Georges, ma patience a ses limites), mais maintenant il entre sans problème. J'ai pensé : les salauds, ils s'aiment et ils s'enculent ! Ces révélations m'ont donné du courage, j'ai demandé quand était le prochain entraînement de son équipe de rugby, j'ai noté la date sur mon carnet de chèques, j'ai demandé l'adresse du stade, on a pris un dessert, Georges en a mangé deux, j'ai insisté en vain pour régler l'addition et on est rentrés chacun chez soi.

Deux jours après, j'étais sur une pelouse de Pantin à me geler les couilles et à regarder des abrutis courir après un suppositoire de cuir. Il pleuvait à verse comme dans les films d'horreur. Les sportifs étaient maculés de boue, Georges passait son temps à hurler et à souffler dans un sifflet argent. Il avait vraiment l'air d'un gros flic avec son survêtement bleu et son sifflet. Il m'a énervé, mais je n'arrivais pas à faire la gueule, je lui envoyais des signes de la main tandis qu'il me souriait. Georges était fier de diriger une troupe, son côté meneur d'hommes m'a un peu excité, je me suis dit que je lui donnerais volontiers à l'occasion un nouveau coup dans le cul. Il n'y avait pas grand-chose d'intéressant : un deuxième ligne balèze mais beaucoup trop grand, un talonneur au corps affriolant mais avec un visage pas possible et des longs cheveux bouclés et un poste non identifié, une stature de colosse, mais je n'ai jamais craqué sur les rouquins, peut-être à cause de mon premier amour féminin, une véritable garce rousse, j'ai encore des cicatrices à consolider. J'allais rentrer quand est arrivé un jeune homme à la démarche balourde. Il est passé près de moi, j'ai vu sa chevelure blonde taillé à ras, ses épaules de catcheur, son cou de taureau, ses hanches assez étroites pour le gabarit, ses cuisses de Titan. Georges lui a fait une scène, mais le retardataire n'a rien répliqué, il a haussé les épaules puis il a pris sa place dans la mêlée. J'ai pensé que c'était un rebelle. Georges n'a pas insisté. J'ai pensé que le jeune mec était plus fort que Georges, qu'il pourrait le réduire en poussière. J'ai entendu son nom. J'ai regardé Thierry et dans mon cerveau s'est inscrit :

Mon petit, tu vas passer à la casserole.

J'ai suivi tout l'entraînement. Je me suis retenu plusieurs fois d'entrer sur le terrain afin de corriger les brutasses qui faisaient des misères à mon petit, le rouquin, par exemple, n'arrêtait pas de se jeter sur Thierry, de le plaquer au sol, O.K., je sais bien qu'il s'agit de subtiliser la balle, mais là c'était juste pour lui donner des coups de genou ou de coude. Ils en voulaient tous à sa beauté. Des jaloux et des méchants. J'ai demandé à Georges de sortir un carton rouge contre la brute rousse, il m'a répondu que cela n'existait pas au rugby, il m'a regardé et il a compris pourquoi j'étais venu ici, je me suis trahi avec une facilité déconcertante. Mais après tout, il était en ménage désormais, alors je lui ai avoué que c'était un sacré coup de foudre. Il est reparti vers sa meute. À un moment, le ballon a atterri près de moi, je l'ai ramassé, Thierry était venu le chercher, je le lui ai tendu, j'ai remarqué à quel point il était jeune, nos regards se sont alors croisés, sur mes yeux était inscrit :

Mon petit, tu vas passer à la casserole.

Thierry a baissé le regard. Malgré la boue, j'ai vu ses joues prendre couleur, il a relevé les yeux et j'ai compris que le message était passé. Il est reparti jouer sans que je sache ce qu'il en pensait. À la fin de l'entraînement, je n'ai pas osé entrer dans le vestiaire, ça faisait vraiment trop folle. Quand j'ai franchi la porte, il me manquait déjà. Trop tard, Thierry avait pris sa douche, il s'essuyait en caleçon. J'ai pris en abomination ce linge, je déteste les caleçons, mais celui-ci était des plus atroces, bleu ciel avec des motifs représentant des bouteilles de champagne sortant de chapeaux claques. J'ai pensé aussitôt qu'il fallait que je l'habille, pour les sous-vêtements, des slips kangourou blancs et basiques, simples et masculins, à bas les chichis. Il n'était pas très à l'aise que je le regarde, mais je ne pouvais pas m'en empêcher, tout est somptueux chez lui. C'est un costaud par essence, un balèze de vingt et un an, la mauvaise graisse et les flétrissures de la vie n'ont pas encore entamé leur œuvre de destruction. Par bonheur, il n'a pas le corps de quelqu'un qui passe des heures en salle de gym à s'échiner sur des machines ingrates, sa force est naturelle, son corps respire la solidité et la tranquillité, l'ossature est lourde, les muscles souples, la chair ferme. Le prince charmant pèse cent trois kilos et quatre cents grammes. Je ne l'ai pas deviné, c'est lui qui me l'a précisé plus tard. Il n'est pas très poilu mais il est en devenir, il a un fin duvet qui peut se transformer en une fourrure soyeuse. Ses tempes sont plates et son cou oblique. Son nez est petit, sa bouche pulpeuse, il a de grands yeux bleus. C'est un Cupidon qui aurait grandi et qui aurait mangé beaucoup de protéines. Oui, Thierry est un ange. Si jeune et déjà tellement mec. C'est dans un vestiaire sinistre de la Seine-Saint-Denis que j'ai eu la révélation de la grâce et je ne m'en suis toujours pas remis.

J'ai attendu de voir Thierry discuter avec Georges

pour m'approcher de lui. Le flic a fait les présentations. J'ai dit que j'avais une voiture et que s'il le voulait, je pouvais le laisser dans Paris. Il a d'abord dit non. Puis Georges a dit qu'il était con de ne pas accepter mon invitation et l'a fait changer d'avis (merci Georges, je te promets de ne pas frapper trop fort avec ma batte de base-ball). Dans la voiture, on a parlé de choses et d'autres. Thierry m'a indiqué, comme le suggérait son accent, qu'il venait du Sud-Ouest, de Tarbes. Je me suis dit que, décidément, il y avait beaucoup de beaux bébés qui venaient de cette région, que ce n'était pas une coïncidence, que ce devait être explicable culturellement. Là-bas, ils ont le culte des costauds, un bel homme est un homme fort. Je voudrais dire merci à toutes les mères du Sud-Ouest. Je vous remercie mesdames, vous qui nous faites de si beaux bébés, je n'ai jamais souhaité la fête des mères, mais à partir d'aujourd'hui, chaque année je n'oublierai pas de penser à vous. Ce sont peut-être vos laits maternels, puis la graisse d'oie, vos cassoulets, vos solides casse-croûte, vos câlins qui produisent de tels champions. Je ne sais pas la recette, mais en tout cas, bravo, merci du fond du cœur de penser à quelqu'un comme moi. Mais après avoir réfléchi à ces saintes, j'ai eu un coup de blues dans la voiture. En réalité, j'ai fêté une seule fois la fête des mères. Je voulais faire comme tout le monde. C'était après la communion solennelle, mon père m'avait donné trois cents francs. Avec cet argent, j'avais acheté une cafetière électrique, à l'époque c'était une nouveauté.

Mais il me manquait soixante francs. Alors comme je voulais faire une surprise, je les ai pris dans le sac de ma mère. La cafetière était enveloppée dans un beau papier. J'avais mis une carte avec écrit : « Bonne fête Maman ». Ma mère a demandé où j'avais trouvé l'argent, j'ai dit que c'était l'argent de ma communion, elle ne m'a pas cru, elle a vérifié dans son porte-monnaie et a vu qu'il lui manquait au moins cinquante francs, j'ai avoué en disant que je rembourserais, on a été rendre la cafetière au marchand. Fin de la fête des mères. Puis maintenant, cette connerie de célébration inventée par Pétain sera la fête de Valérie, j'avais oublié qu'elle allait devenir mère. J'étais si mal dans la voiture que j'ai cru un moment que j'allais demander à Thierry de sortir, je ne voulais pas qu'il me voie en larmes. Mais la conversation a repris. Il m'a dit qu'il était monté sur la capitale pour faire son Deug de maths. C'était étrange, les matheux, jusqu'à cette date, je n'en connaissais pas, mes amis ont plutôt fait des études littéraires. Il habitait vers Maubert-Mutualité. Il m'a précisé que c'était une résidence d'étudiants, que le foyer lui prenait la tête, qu'il avait envie de louer un studio, mais qu'il n'en avait pas les moyens. Très sûr de moi, je lui ai dit que je connaissais beaucoup de monde et que j'allais trouver une solution à son problème de logement.

« J'ai envie de te revoir, je peux ?

– Oui.

– Est-ce que tu veux mon numéro de téléphone ?

– Oui. »

Ces deux oui sont les deux plus beaux mots d'amour qu'on m'ait jamais dits. J'ai noté mon numéro sur une contravention. Je lui ai tendu le papier, il l'a pris dans une main, mais je n'ai pas lâché, étonné, il a regardé, dans mes yeux :

Mon petit, tu vas passer à la casserole.

Il a souri, puis il est sorti sans un mot. Avant de démarrer, j'ai humé l'air dans une grande inspiration. Je voulais que mes narines se souviennent de la dernière odeur de Thierry s'il ne me contactait pas. J'ai regardé autour du siège passager au cas où il aurait laissé une chaussure de vair.

Il m'a appelé deux jours après, c'est Valérie qui a répondu. J'ai dit à Thierry que j'avais trouvé une piaule pour lui. On s'est donné rendez-vous dans un café à côté de chez moi pour le lendemain. Lorsqu'il est arrivé, il m'a tout de suite pressé de questions au sujet de la voix féminine qui lui avait répondu au téléphone. Je lui ai dit la vérité, enfin, je n'ai pas précisé que Valérie était enceinte, j'avais peur de l'effrayer. J'avais l'air faussement rassuré. Mes signaux de passage à la casserole me servaient juste à dissimuler l'extrême timidité qui m'envahissait depuis que je l'avais vu pousser dans la mêlée, j'étais amoureux et je ne savais pas comment m'y prendre. C'était comme une première fois, oubliés les débuts avec les filles et les baises initiales avec les mecs, je recommençais à zéro, c'était le premier flirt d'adolescent. Avec les mecs, c'étaient jusqu'à présent des plans directs, peu de dialogues avant, chacun savait pourquoi il était là, pas de cour à faire, peu de séduction, parfois un brin de tendresse sinon aucun sentiment, juste du désir et du cul. Avec Thierry, le sexe était secondaire malgré mes ridicules jeux de regards appuyés. Je voulais être avec lui, je crois même que j'aurais accepté une relation platonique. Et puis Thierry venait de fêter ses vingt et un ans alors que je me dirige vers mes vingt-neuf ans. C'était comme un fossé entre nous et bien qu'il soit très viril, j'avais l'impression d'avoir affaire à un môme. Je baisais plutôt avec des costauds mûrs. Georges m'avait rassuré en m'affirmant qu'il aimait les mecs, sinon je l'aurais pris pour un hétéro pur et dur. Il avait mis un tee-shirt blanc et un chino beige à pinces. J'ai remarqué ses grosses pompes, j'ai pensé : il a de grosses chaussures au mois de juin c'est donc un pédé, puis je me suis souvenu qu'il venait de province, ce n'était pas significatif. On était un peu à l'étroit sur la terrasse du café, mais grâce à cette promiscuité, les premiers contacts physiques ont commencé, j'avais ma cuisse gauche contre sa cuisse droite et nos bras s'effleuraient par intermittence. Je faisais semblant de ne pas le remarquer et Thierry n'avait pas l'air gêné, nous jouions à la camaraderie virile et sportive alors que ces attouchements me faisaient défaillir. Il m'a demandé des renseignements sur cette histoire de piaule :

« Tu m'as dit que tu avais trouvé un toit pour moi ? »

Bien sûr, j'ai entendu : toi pour moi. Moi Tarzan, toi, Jane.

« Oui, par hasard, une copine qui habitait dans mon immeuble au sixième est partie. Mais comme le proprio ne veut pas lui rendre sa caution, elle voudrait sous-louer son appartement jusqu'en septembre. »

Mon histoire était des plus abracadabrantes et pour un garçon qui fait des maths, Thierry manque prodigieusement de logique. Or il a fait un signe d'approbation. J'étais trop troublé par sa cuisse pour pouvoir inventer sur l'instant un truc vraisemblable. En fait, depuis deux semaines, j'avais loué dans mon immeuble un mini-studio qui s'était libéré à l'improviste. Avec ma femme et ma belle-mère à demeure, je ne pouvais plus recevoir, alors quand j'avais vu la petite annonce dans la loge de la gardienne, j'avais sauté sur l'occasion. Il était dommage de l'avoir inauguré avec un con répugnant dégoté sur Minitel, j'aurais préféré que ce nid reste vierge pour Thierry. C'était un petit studio composé de deux chambres de bonne réunies, un peu mansardé mais avec une douche et des toilettes. Un baisodrome meilleur que la chambre de bébé. J'ai dit à Thierry que j'avais les clefs, il a voulu y jeter un coup d'œil. Mon cœur s'est mis à battre de plus en plus fort. On a monté l'escalier, avec mon rythme cardiaque emballé, j'étais un peu essoufflé en arrivant au sixième. Je me suis appuyé sur son épaule pour respirer, il n'a pas enlevé ma main, je me suis dit que si je ne l'embrassais pas maintenant, si je ne signifiais rien avant d'entrer dans le studio, c'était foutu. Je me suis rappelé mon seul saut à l'élastique, j'étais paralysé puis j'ai sauté. J'ai embrassé Thierry, il a été surpris, mais s'est laissé faire. J'ai poussé la porte et on s'est dévorés. C'était passionné, maladroit, intense, bref c'était magique. Thierry assumait beaucoup plus que moi, je réfléchissais trop au bonheur qui m'arrivait. Une heure après, Thierry est parti chercher ses affaires, il s'est installé le soir même. J'ai dîné avec Valérie. Je pense qu'elle a remarqué mon état, j'étais très attentionné avec elle, je n'avais jamais été aussi bien depuis un moment, mais je ne pouvais pas dissimuler. Je lui ai dit que je sortais, que si elle avait besoin de moi, elle pouvait me joindre sur mon portable et j'accourrais. Je ne mentais pas, j'aurais fait vite puisque je n'étais qu'à quelques mètres au-dessus de notre appartement. J'ai rejoint Thierry jusqu'à trois heures du matin. On faisait l'amour et on discutait entre deux ébats de nos vies d'avant. Il m'avoua qu'il était monté à Paris pour pouvoir vivre sa bisexualité, il y a une excellente fac de sciences à Toulouse. Furieux, je lui ai dit qu'il ne devait pas penser aux filles, que lorsqu'on est bâti comme lui, on est fait pour être adoré par des mecs comme moi. Heureusement, il m'a remis à ma place, en disant qu'il n'avait pas de leçons à recevoir et que, en tant que bi, je devrais plutôt le comprendre. C'est comme s'il m'avait parlé en chinois, je suis désormais incapable de me définir sexuellement.

Aujourd'hui, cela fait dix-neuf jours que Thierry vit au sixième. Plus le temps passe et plus je l'aime. Je ne pensais pas que je pourrais aimer un garçon, je veux dire autrement que pour des critères physiques. J'aime Thierry ; sa tendresse, sa franchise, son honnêteté et sa virilité peuplent mon cœur. Son côté matheux m'exaspère, mais ce sont toutes nos différences qui nous lient l'un à l'autre. On baise de mieux en mieux. Je lui ai appris comment être en moi, au début il me faisait mal, il n'avait pas le même rythme. Je lui ai indiqué les positions, la vitesse, je lui ai parlé de mon plaisir, de mon corps, de mes envies. C'est devenu incroyablement bon, j'aime sentir son corps puissant enserrer le mien, ses couilles battre contre mon cul, j'adore que nos bouches se joignent dans la jouissance. Je prends aussi Thierry, au départ il n'était pas très chaud, mais je lui ai dit que je ne pouvais pas concevoir le couple sans le partage et que les mecs qui n'aiment pas ça sont en fait des mecs qui ont honte de le désirer. Le corps humain peut être une machine à jouir, alors ne perdons pas de temps avec des problèmes d'une autre époque, enculons-nous sans gêne ! J'étais un peu intimidé la première fois où je l'ai baisé, mais je suis si amoureux que les choses ne pouvaient que bien se passer, je l'ai pris comme un bon copain, je l'ai pris en écoutant son corps et en lui communiquant toute mon affection. Maintenant on baise sans tabou. On ne met plus de capotes, on a été faire un test de dépistage tous les deux ensemble, quand on a eu la réponse, négative, on nous a précisé qu'il fallait attendre trois mois pour être vraiment sûr de notre séronégativité, mais dès qu'on est rentrés au studio, je l'ai sucé et je l'ai empêché de se retirer quand il a joui, j'ai tout avalé. Je n'avais jamais bu de sperme, je voulais que la première fois soit avec Thierry, c'était une façon de cimenter nos liens, de partager davantage. Je l'aime si fort que je crois que je vais quitter Valérie. Je ne veux plus vivre en cachette, monter à la chambre de bonne comme dans les vaudevilles. Mais je ne dois pas parler avant l'accouchement et peut-être même un peu après. Il faut que les choses se passent bien, Valérie a suffisamment de quoi penser. J'aborderai le sujet quand les événements auront repris un cours normal. Maintenant, je peux m'exprimer, je vis une histoire belle, ce ne sont plus des plans baises, intenses mais finalement frustrants et tristes. Je ne renie pas mes anciens gros, ni le plaisir que j'ai pris en leur compagnie, j'ai simplement peur qu'ils ne salissent ma romance avec Thierry.

J'aime son odeur à la folie. Il sent le propre et les produits de toilette bon marché, c'est tout simple et c'est bon. Puis sa peau dégage un parfum sucré particulièrement délicat, peut-être l'amande douce mais c'est trop subtil pour que je puisse l'identifier. Je vois son dos, on distingue nettement les deltoïdes et les muscles qui longent les côtes. J'ai envie de lui lécher la colonne vertébrale et de goûter son parfum, j'espère qu'il va se réveiller vite, mon désir urge. Je m'interdis de descendre mon regard, si j'aperçois la splendeur de son cul, je ne vais pas pouvoir me tenir tranquille. Je bande, mais je n'y prête pas attention. J'essaie de me calmer en réfléchissant à tous les délicieux supplices auxquels je pourrais me contraindre. Par exemple, je pourrais m'obliger à ne regarder chaque jour qu'une infime partie de son corps, le lundi, les attaches de sa nuque, le mardi, les creux sur sa hanche, le mercredi, ses poignets, le jeudi, le mollet droit, le vendredi, l'abdomen, le samedi, sa bite et ses couilles (on est quand même le week-end, un peu de détente s'impose), et le dimanche, fermer les yeux pour les reposer et faire travailler les autres sens, puis une nouvelle semaine avec des vues inédites. Je crois qu'en fin de compte, ce serait plus un délice qu'un supplice. Thierry esquisse un geste dans son sommeil puis il se gratte la nuque. Je chuchote son nom, mais il ne me répond pas, il dort toujours. J'ai peur qu'il ne se réveille pas avant des heures, c'est peut-être le sommeil du juste, qu'est-ce que je vais devenir ? Le lécher, c'est impossible, le masser *idem*, lui dire des mots d'amour serait égoïste. Si je le mordais comme un lionceau mord son frère dans le jeu ? Non, il va se réveiller et me dire que je ne pense qu'à moi. Finalement, je ne peux qu'humer le parfum de Thierry. Son odeur me projette en arrière. Allons, vous reprendrez bien un peu de mes délicieuses madeleines, jeune homme ? La sorcière du souvenir agite son panier de friandises. Thierry sent Gianni.

Je me souviens de l'odeur de Gianni avec la plus grande précision, c'est comme si c'était imprimé dans mes neurones. Sa peau sentait toujours le propre, c'était une odeur de savon, mais pas de Lux ou de Camay, il s'agissait du même produit qui servait à faire la lessive dans les grandes bassines de zinc, pas tout à fait le savon de Marseille mais un détergent courant en Italie à cette époque. C'était il y a près de vingt ans. Gianni était le fils de nos voisins en Italie, dans le village où était né mon père. San Martino est situé sur une colline qui borde le Tanaro, c'est un village de paysans et de viticulteurs pauvres dans un Piémont riche. Avec mon frère, nous y passions les vacances de Pâques et l'été jusqu'à ce que notre père vienne nous chercher pour aller au bord de la mer. Ma mère détestait passer autant de temps dans un trou pareil. Pour moi, c'était le paradis, je pouvais vivre la même vie que mes héros Tom Sawyer et Huckleberry Finn, je me baladais dans la nature à la recherche d'innombrables trésors, je pêchais dans les rivières ou les étangs et j'avais une bande de copains en admiration devant les petits Parisiens qui prenaient un avion, une Caravelle, pour venir. Gianni et moi. On était tout le temps fourrés ensemble. J'ai dix-huit mois de plus que lui, mais il était tellement plus costaud que personne ne prenait le dessus sur l'autre. À dix ans, il devait peser dans les soixante-cinq kilos, tout le monde l'appelait le gros (*ciccione*) sauf moi qui le défendais, je disais qu'il avait une ossature forte et qu'il était musclé. Il était très différent d'Antoine, lui, il était gentil même si sa force prodigieuse qu'il ne connaissait pas le faisait agir parfois comme une brute. Je n'avais pas avec lui les mêmes rapports qu'avec mon copain de classe ; Antoine, j'en avais conscience à l'époque, était un pervers, malheureux et enfant gâté à mort (en italien : *bambino vizioso e viziato*), il me renvoyait à Paris, au gris, à la souffrance, à la violence et au pouvoir du fric. Antoine était brun et Gianni blond avec un sourire magnifique. Seul leur aspect trapu et massif était comparable.

À mon arrivée, Gianni m'offrait des fleurs qu'il avait été lui-même couper dans les prairies, je n'étais pas vexé d'être pris pour une fille, au contraire j'étais ému par cette attention, il me donnait ainsi un bout de cette terre qui me manquait tellement en France. J'aimerais aussi offrir des monceaux de fleurs à Thierry, mais je ne crois pas qu'il ait la main verte. C'est dommage ! La maison de Gianni et la nôtre possédaient une cour commune, de cette manière on pouvait assister à tout ce qui se passait chez le voisin. J'ai compris que je partageais le même sort que lui, il était régulièrement battu et témoin impuissant des engueulades incessantes de ses parents. Enfin, lui vivait sans doute les choses plus mal que moi car il faisait pipi au lit chaque nuit. La mère faisait sécher les draps à la fenêtre de la chambre de son fils pour l'humilier. Mais nous ne parlions pas de ces choses quand nous étions ensemble, on ne parlait jamais des parents. On jouait souvent en bande, mais je préférais avoir Gianni pour moi seul, d'ailleurs j'avais fait exprès de brouiller mon frère avec lui. Gianni m'apprenait des tas de trucs, comment fabriquer une canne à pêche, comment traire les vaches, comment faire des pièges pour les animaux, comment jouer au *tamburello*, le jeu de balle typique du Piémont. J'étais bien avec lui, je comprenais alors que j'avais des racines dans cette terre, que c'était le village de ma famille, que les secrets révélés devaient être appris et transmis à mes futurs enfants. Ce sont les rares souvenirs heureux de mon enfance. Parfois, nous nous battions Gianni et moi, mais ce n'était jamais très méchant. C'est à ces moments-là que j'ai enregistré son odeur, lorsque j'étais au contact de sa peau, lorsque je sentais le poids de son corps contre le mien si frêle. Ses vêtements étaient sales mais lui sentait bon, une odeur de savon et d'amande douce (?), le parfum de l'eau froide de la fontaine et de biscuit.

Mon treizième anniversaire a sonné le glas des vacances à San Martino, l'adolescence m'a fait prendre en grippe la campagne piémontaise, je préférais passer l'été avec Serge Dunor, on allait en colonie ou en séjours linguistiques. Je me foutais alors du village et de ses occupants. Les autres années, je pleurais toujours quand il fallait faire ses valises pour le retour, j'avais l'impression qu'on m'arrachait les bras, qu'on écartait mon frère de sang. Je gardais avec moi les cadeaux que m'avait faits Gianni, une miniature automobile, un Topolino ou un joli caillou découvert au cours de nos ballades. La dernière année, je commençais à m'intéresser sérieusement au sexe, je me branlais dès que je pouvais. Je me souviens que je rêvais d'embrocher la petite chèvre des voisins, Serge m'avait dit que tous les paysans faisaient ça, il avait ajouté que c'était du reste pratique avec les cornes. Une après-midi, alors que tout le monde faisait la sieste, je me suis approché de l'animal, mais dès qu'elle a bêlé j'ai déguerpi.

Gianni n'était pas dans le même état d'esprit que moi. Dommage, j'avais envie de branles communes, qu'on se touche la bite et qu'on mate. Une fois, on s'est bagarré dans mon lit et Gianni s'est relevé en disant que je l'avais dure. Ce n'était pas vrai, mais j'ai confirmé en espérant qu'il me montre la sienne afin qu'on se branle. Mais il a changé de conversation. Un autre jour, j'ai inventé un nouveau jeu, le jeu de la pute et du maquereau. La règle m'avait été inspirée d'un film que ma mère m'avait laissé regarder : l'un de nous se tenait debout contre le mur à faire semblant d'attendre, l'autre arrivait, lui demandait de l'argent et s'ensuivait une rixe, l'arrivant finissant par se frotter contre l'autre, bref faisait mine de violer l'autre. On a un peu joué à ce jeu, mais Gianni trouvait les règles et le but confus. En fait c'était uniquement un prétexte pour un frotti-frotta avec une branle en expectative. Je n'étais pas du tout attiré par les garçons, Gianni était comme la chèvre, un moyen d'attendre de pouvoir baiser avec les filles, je savais que j'étais trop jeune pour ça. J'adorais me branler, mais je pensais que ce serait plus sympa avec quelqu'un. Simple et banal.

Je n'ai plus jamais revu Gianni. Lorsque je suis

revenu à San Martino, vers vingt-trois ans, sa famille avait déménagé dans un autre village, à une trentaine de kilomètres, autant dire au bout du monde. J'ai demandé des nouvelles de Gianni à sa tante, elle m'a répondu qu'il était un peu spécial. Je me souviens d'avoir pensé à l'époque que spécial signifiait peut-être homo pour les paysans piémontais. En fait, Gianni s'était engagé chez les carabiniers et était volontaire pour tous les coups les plus risqués. Aujourd'hui, il fait partie de l'antigang, il lutte contre la maffia et le terrorisme. C'est étrange de penser qu'Antoine et Gianni sont devenus avec l'âge des fanatiques des armes à feu, je n'arrive pas à comprendre le rapport de causalité. Il s'est marié l'année dernière, ma mère m'a montré la photo à la sortie de l'église. On voit un type de cent kilos taillé dans le roc en uniforme d'apparat. Il est devenu châtain et porte un bouc. Si je n'étais pas amoureux, je courrais en Italie pour voir Gianni et lui parler du bon vieux temps. Et qui sait si je n'inventerais pas un jeu plus intelligent que la pute et le maquereau, dans le même style ? Gianni est toujours un peu présent. Son odeur me suit. Elle a pris la forme somptueuse de Thierry.

Le beau bébé endormi se réveille enfin. Il saisit une bouteille d'Évian à moitié pleine et la vide jusqu'à la dernière goutte. Je suis ému par un tel spectacle. J'aimerais bien être réincarné en bouteille d'eau minérale si c'est pour apaiser les soifs des jeunes piliers tarbais. Thierry est habituellement ronchon au réveil, même après quelques minutes de sommeil.

Je ne peux pas profiter de lui maintenant, il faut que j'attende que le corps puissant et massif se remette en route. Il propose une partie d'échecs. J'accepte bien que ce ne soit pas très pratique pour se caresser. Thierry m'a initié à ce jeu, il y a une semaine, il est étonné à quel point je progresse vite. Il ne sait pas que ça me gonfle un maximum, mais je veux qu'il soit fier de moi, je voudrais même un jour remporter une victoire sur lui pour qu'il soit heureux de son enseignement. Ce ne sera pas pour tout de suite, je me fais croquer la dame et j'abandonne. Il veut recommencer, mais je lui dis que je dois descendre, je dîne avec Valérie. Il fait la gueule, il dit qu'il va aller manger un Mac-do tandis que, moi, je mets les pieds sous la table et par ici les bons petits plats. Il a raison même s'il croit que Valérie est un cordon bleu. Sa tristesse me rend triste. Je pense un instant l'inviter à partager notre repas et je renonce. Je ne tiens pas à ce qu'il voit le ventre de ma femme.

« Je suis parti, je ne supportais plus cette situation. Puis je dois te dire que j'ai rencontré une fille à la fac. Merci pour tout. Porte-toi bien.

Je t'embrasse.

Thierry »

Je ne m'attendais pas à la fin du monde. Je ne l'ai pas vue venir. Cinq petites phrases pour clore trois semaines de bonheur et une clef dans une enveloppe, c'est l'art de l'ellipse. Pourtant, à y réfléchir, j'aurais dû m'en douter, hier, à la fin d'une étreinte, Thierry s'est précipité dans la salle de bains pour se nettoyer. Je n'aurais pas dû lui dire autant de fois que je l'aime. Mais on ne l'apprend jamais assez. Qu'entend-il par « cette situation » ? Est-ce qu'il aurait croisé Valérie dans l'escalier et aurait compris ? J'ai la certitude que je ne récupérerai pas Thierry, il m'a largué une fois pour toutes. Inutile d'aller le chercher, pourtant ce n'est pas l'envie de m'humilier qui me manque. Il ne m'aime pas comme je l'aime, je ne fais partie que de son apprentissage de la vie. Je voudrais mourir. Je n'ai plus personne pour me consoler. Ceux qui dissimulent n'ont personne pour se faire consoler. Je voudrais pleurer dans les bras de Valérie, elle savait chasser les chagrins avant, je n'ai jamais fui les larmes avec elle, on nous enseigne des mensonges, un homme, ça pleure, un homme, ça doit pleurer. Je croyais que rien ne pourrait me faire autant de mal que la mort de Marie-Irina, aujourd'hui, je ne tendrais pas les bras pour l'empêcher de sauter si cela permettait de retrouver Thierry. Je préférerais voir Marie-Irina morte que Thierry loin de moi. Je dois avoir des médocs dans mon sac de voyage, j'avale des anxiolytiques avant de monter en avion. Il faut que j'en prenne, je réfléchirai plus tard. Je vais écouter de la musique, un truc bien flippant, bien larmoyant, la musique me calme. Quand Sandrine m'avait quitté, je passais en boucle *The Power of Love* de Frankie Goes to Hollywood. Je me souviens encore de certains vers : « *Love is the light scaring darkness away... I will keep the vampires from your door... Love is danger, Love is pleasure, Love is only pure treasure.* » Il faut être amoureux pour comprendre le sens. J'ai sans doute gardé le disque, peut-être en trente-trois tours. Mon tube de Lexomil est vide. Je vais dans la salle de bains, j'ouvre un tiroir et je vois une boîte de Tranxène. Ce n'est pas à moi, je ne savais pas que Valérie prenait des trucs. J'avale deux cachets. Il faut que je boive. Je vais à la cuisine. L'eau n'est pas fraîche, je la bois quand même. Je vais au salon. Je ne trouve pas Frankie Goes to Hollywood. J'ai Ferré, Barbara, la Grande Messe en *ut* mineur de Mozart, la bande originale de *Platoon*, j'ai aussi l'*Adagio* d'Albinoni. J'ai un éventail de choix impressionnant dans les choses à se flinguer. Finalement je préfère sortir. J'enfile ma tenue de Batman. Je ne sais pas où je vais. Je claque la porte.

Je sors de chez madame Vinciguerra. Je n'avais rien à lui dire. Je suis venu à cette séance dans le seul but d'obtenir une ordonnance de Tranxène. Elle a fait une moue avant de rédiger la prescription. J'en ai marre d'être pris pour un enfant. Je m'installe à ma place habituelle au café. Je commande un Pernod. J'ouvre mon carnet, j'écris :

« Il faut devenir adulte, il faut que cette société devienne adulte. On demande des trucs pour tenir le coup et on vous renvoie de la merde au visage. Pour être un homme, il faudrait ne pas utiliser de béquilles. Qu'est-ce que c'est que ces conneries ? Les tranquillisants, les médicaments, les drogues sont nées du génie humain, ce sont des chercheurs, des cerveaux, des années de travail et d'expérimentation qui ont permis la fabrication de ces produits. On ne peut pas les rejeter. Il faut que cette société évolue, il faut entrer dans une nouvelle ère. Si l'on peut inventer des substances qui nous rendent meilleurs, alors mettons toutes nos forces dans la bataille. N'ayons pas peur de modifier, d'utiliser la science pour nous transformer. Un jour, nous n'aurons plus l'apparence que nous avons aujourd'hui, un jour, on va enfin réaliser que le but de l'humanité c'est de muer. Notre destin est d'être des mutants. Utilisons les découvertes sur la génétique, modifions nos gènes, quittons ces enveloppes qui nous font souffrir. Je veux parier avec quiconque que dans cinq cents ans au plus tard, le monde sera constitué exclusivement d'hermaphrodites, chacun aura une bite, une chatte et des seins. Les frustrations n'existeront plus, les hommes ne rêveront plus au pouvoir d'enfanter, les femmes ne voudront plus de couilles et les droits ou devoirs qu'elles sont censées donner. Il n'y aura plus de guerre, plus de violence, plus de jalousie. On vivra dans la société du plaisir. On pourra choisir d'avoir des enfants à deux ou tout seul. Le clonage sera permis. La notion de famille sera ensevelie. Les drogues seront un élément parmi d'autres de l'alimentation, ni plus ni moins. Chacun à la naissance aura eu son profil de drogue établi par les ordinateurs centraux. Les drogues seront innombrables et polymorphes. Aujourd'hui, on hurle contre le maïs transgénique. Aujourd'hui, il faut prouver qu'on a réellement besoin de tranquillisants. Nous sommes encore au Moyen Âge. Je ne pouvais pas tenir la main de Thierry dans la rue. C'est même la préhistoire ! »

Je vais à la gym. Je change de club, je choisis Nation pour l'affluence. Je me fous de mes muscles, je viens chasser. J'arrive vers dix-huit heures, c'est la meilleure heure, la fermeture des bureaux. Dans quelques minutes on ne pourra plus circuler tellement il y aura de monde. Je trouverai à coup sûr ce que je cherche. Dans le vestiaire, la plupart des gens matent, les homos sont en surnombre, certains s'entraînent en couple. Je me déshabille au milieu de la foule. Je reste un long moment nu à ranger mes affaires, à sortir les fringues de sport puis à me peser. Je montre la marchandise. Je ne fais pas semblant, je renvoie chaque regard. Les mecs intéressés sont plutôt bien foutus et jeunes, mais ils ne m'excitent pas, je devrais me faire tatouer un ours et un bœuf sur chaque biceps pour indiquer mes préférences. Un petit mec à grosse queue se poste devant moi, je remarque son pubis rasé et un piercing dans le nombril. Il n'est pas vraiment discret dans sa drague.

Je me dis qu'il doit bien sucer, mais je lui fais comprendre d'aller voir ailleurs. J'ai du mal à enfiler mes chaussures, je suis épuisé, je suis déjà épuisé.

J'ai mis un short de jogger orange en nylon, ça me donne un look hétéro à mort. Pour atténuer, j'ai pris un tee-shirt kaki taille S, un truc bien pédale. En fait je suis entre deux eaux, donc, je l'espère, deux fois plus bandant. Je me regarde dans la glace. J'ai une gueule franchement ravagée, c'est peut-être l'éclairage, je suis blanc et osseux, mes pommettes ressortent, il y a de nouvelles rides au-dessus du nez. Bizarrement, mon corps me plaît, j'ai pris du muscle et du dessin, pourtant je ne suis plus assidu, je soulève rarement des poids, je mange mieux peut-être ou alors je change de peau à la manière des serpents, j'ai même pris du galbe dans la cuisse, je distingue mes mollets, ils sont ronds, c'est nouveau. Je suis hyper-baisable. Ce n'est pas étonnant qu'on me regarde et ma gueule dévastée en fait mouiller plus d'un. Maintenant, il faut que je trouve celui qui va en profiter. Il y a un balèze appétissant sur une chaise, il est en train de se sécher, j'aime ses épaules, son nez cassé, ses yeux enfoncés, son ventre a l'air ferme, il se lève, il est bien fessu et ses couilles pendent. Mais il a le look des hétéros rédhibitoires, il parle foot avec une connaissance, je n'ai pas de temps à perdre, je quitte le vestiaire pour aller à la salle de musculation.

Faire dix minutes de bicyclette afin de m'échauffer correctement me paraît aussi pénible que de faire le Tour de France, je m'installe directement sur un banc, j'y pose ma serviette et je charge la barre à pecs. Un petit moustachu trapu me demande la permission de travailler avec moi. Ce salaud lève davantage que moi, il faut que je me surpasse, je vais tenter mon record, avec la sale énergie qui m'habite en ce moment, ce n'est pas impossible. Le moustachu se met derrière moi pour m'aider à détacher la barre, il a son entrejambe à quinze centimètres au-dessus de mon visage. Je crois voir ses couilles. Je prends une grande inspiration pour me donner du courage. Je crois sentir l'urine du mec. Je regarde son visage, il est content de lui. Il pense sans doute me dominer. Il lève plus lourd que moi, il me facilite la tâche, je suis couché entre ses jambes, tout cela l'excite. Je n'ai pas le droit d'échouer dans ma tentative sinon, triomphal, il serait capable de jouir sur moi. Je lève la barre. Je fais une série de cinq répétitions. Je me relève et je fais ressentir au mec ses un mètre soixante-cinq. Je veux qu'il comprenne que je suis trop grand pour sniffer sa pisse. Puis je me tire sans dire merci.

J'ai pris deux poids de quatorze kilos pour travailler les biceps. Je me regarde. Ici on est entouré de miroirs, c'est à se demander si les gens viennent faire du sport ou se mirer dans la glace, miroir, mon beau miroir, dis-moi qui est la plus belle, c'est toi la plus folle ma chérie. Je me regarde, mais je ne me reconnais pas. C'est pourtant bien les vêtements que j'ai sortis de mon sac. J'ai de grosses veines qui parcourent mes biceps, on dirait qu'ils vont éclater. J'ai vieilli, je crois. Je n'aime pas cette gueule. Je me lève pour aller boire un coup. À la fontaine, je m'asperge le visage d'eau glacée au cas où cela effacerait les marques sur la peau. Je retourne dans mon coin. Un type a déplacé ma serviette et s'est assis à ma place. Lui aussi, il lève beaucoup plus lourd que moi. Faut dire qu'il est du genre gros culturiste. Il ne s'excuse pas, il ne me dit rien. Je ne parle pas non plus. Je lui fais la tronche. Je lui signifie ma colère. Il daigne me regarder. Ma fureur ajoutée à ma gueule ravagée semble le charmer. Il me sourit, mais pas pour me montrer qu'il me considère comme un microbe, il me sourit parce que je le touche. Il a envie de moi, j'en suis certain. Je l'observe avec plus d'attention. Il est baisable bien qu'il ne soit pas mon style : un culturiste qui passe son temps à s'entraîner, à bouffer des protéines, à s'injecter des stéroïdes, à dormir longtemps et à se regarder dans la glace. Il a aussi les signes extérieurs des dingues du muscle : un sweatshirt déchiré au niveau des manches et de la taille, un cycliste fluo, une ceinture et des poignets de force. Je ne vois pas la trace d'un poil. Il est bronzé aux ultraviolets. Il a la panoplie complète du maciste des salles de gym, à un détail près, il a de la brioche. C'est un détail qui choque car tout le reste semble domestiqué et gonflé au maximum. Son ventre fait tâche dans l'ensemble, c'est même presque inexplicable. C'est à se demander si ce n'est pas volontaire ou alors il dose mal son taux d'anabolisants et de protéines. Peut-être est-il un adepte des méthodes à l'ancienne, peut-être se nourrit-il de dizaines d'œufs au petit déjeuner et d'un kilo de viande rouge au dîner comme le faisait le Russe qui gagnait toutes les compétitions d'haltérophilies, catégorie lourd, dans les années 70 ? Et si ce ventre était son talon d'Achille ? Il est possible d'avoir des muscles faibles, des fibres pourries, rétives à l'effort, le Rambo assis à côté de moi aurait ainsi des abdominaux inanimés. Mais c'est ce bide qui me plaît, c'est ce qui lui donne une chance avec moi, je déteste les culturistes, ils me rappellent trop Guido, j'aime les colosses naturels. Ce ventre, c'est la touche humaine, c'est la faiblesse dans le personnage qu'il s'est construit, c'est l'ouverture dans la carcasse. Il me regarde toujours. Je vais baiser avec lui. Mais il s'éloigne. Je pensais qu'il était ferré. Je ne me décourage pas, je me dis que le mec a un programme à respecter, il vient d'arriver, l'entraînement d'abord, le cul ensuite. J'espère qu'il ne va pas travailler son corps pendant des heures, je me vois mal tourner comme un lion en cage, puis j'en ai déjà marre de soulever de la fonte. Je regarde la salle au cas où je verrais d'autres proies. Il n'y a rien à se mettre sous la dent ou alors deux mecs que je me suis déjà envoyés. Je ne rebaise jamais avec les mêmes, Thierry était la seule exception. J'ai eu des nouvelles de lui par Georges. Il ne serait pas en grande forme, quant à cette histoire de fille, ce serait déjà terminé, mais je me méfie de Georges, il sait que ces faux espoirs me détruisent, j'ai la certitude que Thierry ne reviendra jamais.

Je vais dans la petite salle du haut, j'ai envie de

faire des abdominaux, au moins on est couché. Une pétasse me dit bonjour, je ne crois pas la connaître. Un vieux avec une Rolex en or me mate, tout son corps dégage la mollesse, il a le chic des commissaires priseurs ou des antiquaires, sa bouche est humide et relâchée, ses mains longues et fines doivent juste effleurer les mains qui se tendent, son brushing est ridicule, c'est le genre à bander sous les douches au premier cul imberbe qui passe, il me dégoûte, j'aimerais lui taper sur la gueule pour qu'il regarde ailleurs. Je lui balance juste une bonne dose de mépris. Il a compris, il se casse. Il n'y a plus personne sur les tapis de sol, je pourrais même faire une petite sieste si je voulais. Je m'étends tout le long, je laisse reposer mes muscles et mon esprit. Je n'ai rien à faire si ce n'est passer le temps.

Je suis dans une sorte de salle d'attente. Je repense au bébé. Valérie arrive à la fin de son huitième mois. Moi, j'étais déjà né. Je me dis qu'elle peut maintenant accoucher n'importe quand. Il faut que je me prépare à être père. Je vais subir une nouvelle modification. Tout arrive mal, je suis trop fatigué actuellement, la maternité, la famille, l'installation et tout le reste me tuent à l'avance. Je n'ai pas assez de forces pour faire front. C'est une mauvaise période. Dans quelques mois tout ira mieux, je l'espère, je pourrai parler, je saurai prendre du recul. Aujourd'hui, je ne peux rien faire, tout me tombe dessus, je ne peux pas lutter, je fais des choses qui me rendent triste, mais je ne peux m'empêcher de les faire et encore moins de les recommencer. Je crois que c'est parce que je n'arrive pas à comprendre. Je n'ai plus de repères, toute perspective est effrayante. Je ne sais pas si les tranquillisants aident, je suis toujours agité ou alors ce serait pire si je n'en prenais pas. L'autre jour, un type avec qui j'ai couché m'a fait essayer de la coke, j'ai eu une petite bouffée d'angoisse, mais j'étais plutôt bien, presque lucide. Je connais un type qui en vend, il était au cours Dunor, j'espère qu'il n'est pas mort d'une overdose ou qu'il n'est pas en taule. Je bois un peu aussi, surtout de la vodka, j'avais oublié à quel point c'est bon quand ce n'est mélangé à rien. On ne sait toujours pas si c'est un garçon ou une fille, Valérie préfère la surprise, j'aurais mieux aimé l'apprendre, j'ai besoin de certitudes en ce moment. Je me dis que je m'en fous, mais parfois je pense que si c'est une fille, je serai plus à l'aise, elle me renverra moins à mon image d'enfant. On s'est arrêtés sur Léo et Ishtar. Enfin, cela peut encore changer, c'est important un prénom, cela marque pour la vie, tous les Pierre que j'ai rencontrés ont quelque chose en commun, de même pour les Marc ou les Bruno, pour les filles, c'est plus flou, j'ai connu une Valérie hystérique et insupportable. Ishtar, c'était la déesse de l'amour et de la guerre chez les Babyloniens. Il existe des textes cunéiformes sublimes vantant ses aventures. Je n'ai pas osé dire à Valérie que ceux qui célébraient son culte dans les temples étaient surtout les marginaux de l'époque, notamment les prostituées, les homosexuels et les travestis. J'essaie d'effectuer une série d'abdos, les jambes pliées. Pendant l'effort, je fais sonner les prénoms, tiens, je n'avais pas réalisé que Léo ou Ishtar sont des noms représentant l'autorité et la violence, c'est le lion et la guerrière amoureuse, ce sont les seigneurs et les sanguinaires. Sans doute faut-il réfléchir à d'autres prénoms.

Je redescends dans la grande salle, le culturiste est encore là. Je le mate, il me sourit, je pense que c'est dans la poche. Il travaille les jambes, en principe c'est ce qu'on fait en dernier. J'ai faim. Je vais prendre une barre énergétique au distributeur. Là, je retrouve un des types avec qui j'ai baisé. Il est en sueur, je lui tends la main avant qu'il ne m'embrasse. Il me parle comme si j'étais un vieux copain alors que je ne l'ai vu que moins d'une heure, je ne me souviens même plus si c'est moi qui l'ai enfilé ou si c'est l'inverse. Mais sa chaleur me fait du bien :

« Tu commences ou tu finis ?

– Entre les deux. En fait, j'attends un mec que j'ai repéré. Et toi ?

– Je commence. C'est lequel ?

– Le type en kaki à la presse quadriceps. Tu le connais, tu te l'es fait ?

– Non, dis-donc il est ultra-balèze, tu n'as peur de rien. Dommage, ce n'est pas mon style, j'aurais bien fait un plan à trois. »

Je n'avais pas envisagé cette possibilité. Ce ne serait pas recoucher avec lui, si on faisait un trio ou une partouze, ce serait de l'inédit, une première. Il est costaud lui aussi, mais il est plutôt branché par des mecs comme moi. Tant pis, j'aurais bien aimé caresser leurs culs puissants en simultané. Nous continuons notre conversation, je me souviens qu'il s'appelle Philippe. Il me parle d'un nouveau bar dans le Marais et du dernier film qu'il a vu. Je n'aime pas cette intimité, d'accord on s'est foutus à poil, on s'est sucés, on s'est visité les trous, mais on ne se connaît pas, c'est un étranger pour moi. J'abrège les échanges, je lui dis que je dois retourner m'entraîner, il veut me donner son numéro de téléphone, je lui dis que je l'ai déjà, je mens, mais il me croit, je retourne dans la salle. Je vais courir sur un tapis, j'ai besoin de me sentir en nage pour ne pas avoir l'impression d'une séance stérile. Je cours dix bonnes minutes. Je trouve les gens cons avec leurs écouteurs sur les oreilles et leurs chaussures immaculées. Ils sont tous pareils, on dirait un élevage en batterie, rien que de la chair à travail et à foutre. Les gens sont moches, mais je pense la même chose de moi quand une glace reflète mon image. Il faut que j'en parle à madame Vinciguerra. C'est peut-être le début de la dépression, pourtant j'ai une réserve d'énergie considérable. Je pourrais courir encore une heure sans être essoufflé. Mais j'arrête pour aller me rincer l'œil sous les douches.

Je retourne dans les vestiaires. J'ai du mal à me souvenir de la combinaison de mon cadenas puis cela me revient, j'ouvre mon casier. Je me déshabille, je fais une boule de mes affaires et les engouffre à l'intérieur. Je prends mon gel douche et je referme le casier. J'ai oublié ma serviette, j'ouvre de nouveau le casier. Je le referme et je me rends compte que j'ai laissé cette fois le gel. Tout cela m'exaspère et j'envoie un grand coup de poing contre la porte. J'ouvre de nouveau le casier. J'ai les nerfs. Si j'ai le courage, je vais prendre une douche glacée pour m'apaiser. Il y a plein de monde sous les douches, je suis obligé d'attendre mon tour. Je regarde les mecs se laver. Je ne vois que de la chair. Je ne vois que des bites et des culs puis aussi des sales gueules. Je n'arrive plus à imaginer la vie de ces personnes, je ne vois que de la peau, des poils et des orifices. J'aimerais revenir en arrière, lorsque j'étais curieux de l'humanité, lorsque je voulais rencontrer de nouveaux amis, lorsque je voulais communiquer avec les autres. Une douche se libère. L'eau me détend aussitôt. Le vieux au brushing est là. Il me mate, je croyais pourtant qu'il avait compris. Je ne sais pas quelle attitude prendre, faire l'outragé serait vraiment minable. Je décide de passer la main sur les parties les plus appétissantes de mon corps. Le jet d'eau s'est arrêté, je fais semblant de m'essuyer à la main, je promène mes doigts afin d'évacuer les gouttes, sur les épaules, les abdominaux, le sexe, l'intérieur des cuisses puis je me retourne pour que le vieux contemple mon cul. Je veux qu'il calcule tout ce qu'il n'aura pas, toutes les beautés auxquelles il va échapper, je suis une ordure, mais après tout c'est lui qui a commencé à m'emmerder. Je me dirige vers le sauna, je frôle le vieux devenu rouge, je le laisse mariner dans sa solitude. Le sauna est mal réglé, il fait trop chaud. Il y a une sorte de skin couvert de tatouages rituels, je le trouve excitant tellement il fait salope, c'est le genre de mec à avoir lâché les amarres, il doit pratiquer ce qu'il y a de plus extrême et de plus dégradant. J'ai l'air trop clean pour l'intéresser. Je pense qu'il doit faire exclusivement des plans sans capote, c'est un messager du sida, peut-être ses tatouages sont-ils là pour dissimuler un kaposi. Je ne sais pas pourquoi ces idées me viennent en tête, si ça se trouve, malgré son look hard ce mec est très clean. En fait, j'ai envie de voir le mal et le malheur, je veux sentir la souffrance autour de moi, sans doute afin de me sentir mieux, plus fort. Je sors prendre une douche. Le culturiste est là. Il est effectivement presque imberbe. Il se rase, il n'a aucun poil sur les bras ou sur les jambes. Il est bien dessiné, les deltoïdes, les pectoraux et les biceps sont chez lui les muscles les plus impressionnants. Ses cuisses et ses mollets sont très corrects. Son cul est petit et dur. Je remarque qu'il a des anneaux sur les tétons, il n'y a plus aucun doute sur sa sexualité. Sa bite n'est pas très grosse mais pas minuscule. Son ventre est enflé comme un ballon. Je me demande s'il n'est pas malade, je n'arrive pas à comprendre cet embonpoint. J'en saurai plus en le tripotant. Il a vu que je le détaillais comme un maquignon, mais il ne bronche pas, au contraire, il affiche un sourire et une sérénité à toute épreuve. Ce mec sait ce qu'il veut. Je me lave tandis qu'il se sèche. Il rejoint ensuite les vestiaires. Je ne me précipite pas, je sais qu'il m'attendra à la sortie. Je fais mousser un peu de gel dans le creux de ma main. Je me nettoie partout en insistant sur les aisselles, l'anus et le gland. Je veux être impeccable. Je me rhabille calmement, le culturiste a disparu. Je le retrouve effectivement à la sortie du club, sur le trottoir d'en face. Il a enfilé un survêtement. Il me dit quelque chose, mais je n'arrive pas à comprendre. Je lui demande de répéter. J'entends une sorte de souffle. Le culturiste articule chaque syllabe :

« Je suis sourd, ça ne te fait pas flipper ?

– Non, pourquoi ? »

J'ai fait un grand signe de tête dans le cas où il n'aurait pas saisi ma réponse. En fait, il s'exprime correctement, il suffit d'être concentré. Il a juste du mal avec les dentales, les d et les t se ressemblent. Je ne vois pas pourquoi je flipperais d'être avec un sourd, de toute façon la conversation ne fait pas partie de mes motivations. Je suis un peu surpris, c'est tout, mais la perspective de baiser avec quelqu'un de différent est plutôt alléchante. Le culturiste me demande d'être face à lui quand je parle, il lit sur les lèvres mais pas de profil. Je sors une cigarette, je lui en propose une. Il refuse :

« Merci, je ne fume pas. J'habite à Bastille. Tu es actif ?

– Oui. O.K., on va chez toi. »

Je ne lui précise pas que j'aime les deux, cela pourrait le faire renoncer, apparemment il cherche à bien se faire défoncer le cul. Cela ne me dérange pas, j'ai envie de me défouler. Nous nous mettons en route. Il marche vite, j'ai du mal à suivre ses pas sans me déhancher. Son appartement n'est pas très loin. Il habite dans un immeuble vétuste qui va être démoli dans un délai assez court, il y a déjà une pancarte sur le mur. Je comprends pourquoi, les parois de l'escalier sont recouvertes de salpêtre, les marches, pourries. Nous entrons chez lui. Il a installé sa couche à quelques mètres de l'entrée, un matelas sans drap ni couverture. À côté, se trouvent une lampe et une valise. Le sourd me demande :

« J'aime bien les plans qui bougent. J'aimerais que tu me domines, ça te dit ? »

Je suis tombé sur une vraie salope. Le matelas en entrant, c'est sans doute pour les coups Minitel, pour ne pas perdre la moindre seconde. Le sourd me quitte un instant. J'hésite à me tirer, il est encore temps. Il revient complètement nu. Il a une sorte de foulard rouge à la main. Il l'étire et l'enroule sur lui-même, puis il le passe autour du front, un peu comme les samouraïs, ce mec est un kamikaze de la baise. Paré de son bandana, il se met à quatre pattes sur le matelas, les reins cambrés, le cul bien ouvert dans ma direction. Je m'approche. Il veut sans doute que je l'examine, que je fasse le contrôle vétérinaire. J'inspecte la viande, je palpe sans ménagement. J'allume la lampe pour établir un constat visuel. C'est un vrai cul de salope, la raie est rasée de frais, le trou est large, limite béant, je crois voir les sphincters. Le sourd crie :

« Je veux que tu me défonces le cul ! N'aie pas peur, j'encaisse à mort. »

Il est évident que ma bite ne va pas suffire. Il ouvre la valise. J'avais raison, il y a toutes sortes de munitions. J'avais déjà vu un étalage semblable chez un nounours, mais je ne m'en étais pas servi, je préfère les choses naturelles, une bite et un cul, un homme et un homme. Mais aujourd'hui, je meurs d'envie d'utiliser ces instruments. Le sourd possède des choses incroyables : il y a des godes de divers coloris dans des matières différentes, des cônes se terminant par des rondelles, je crois que ce sont des plugs, des menottes, un flacon d'un litre de lubrifiant, des capotes, du poppers, des gants en latex, un autre bandana et deux trois choses que je n'identifie pas. Le plus petit des godes est déjà de taille monstrueuse. Je vois un gode noir large et veiné qui semble recouvert de cuir. Mais le plus démentiel est en latex rose, de la longueur et de la largeur de mon avant-bras droit, le plus musclé. Je le prends en main, le poids est conséquent et l'odeur du caoutchouc est quasi insoutenable. Est-il possible de l'introduire jusqu'au fond de son cul ? En tout cas je vais essayer, il l'a acheté dans cette intention. Le sourd est toujours cambré dans la même position. Il attend sa sentence. Il est condamné à la défonce maximum à perpétuité. Oui, je vais l'éventrer. Je commence par caresser son cul. La tendresse va être minimum syndical, je pince aussitôt et j'écrase des bouts de fesses entre mes doigts. Il apprécie, je vois son cul éclore. Les plis de l'anus ne se touchent plus, c'est une véritable bouche ouverte, une gueule béante à bites et à godes. Je passe mes doigts sur cette ouverture, il a le cul très propre et luisant, il mouille comme une chienne. Maintenant, je lui claque le derrière somme toute méchamment, je sens que ce cul m'appartient, j'en ai l'acte de propriété, je pourrais le marquer au fer rouge. Je regarde les instruments dans la valise, j'ignore par quoi débuter. En fait, je vais me servir dans un premier temps de mes doigts. J'ouvre le flacon de lubrifiant et je tire une grosse noix. Je badigeonne son anus sans avoir chauffé le gel auparavant, il a le cul suffisamment chaud. Je suis toujours habillé. Je ne veux pas me foutre à poil, l'idéal serait de passer une blouse de chirurgien. J'introduis deux doigts directement, ma parole, c'est comme si je le chatouillais avec un cure-dent, il ne réagit pas ! J'ajoute un troisième, toujours rien, je comprends que je vais le fister par la suite. Je n'ai jamais essayé, je n'y avais même jamais pensé. Je dois satisfaire mon partenaire, c'est une nécessité. Mais j'ai aussi envie de le sodomiser. Il ne faut pas que je tarde, sinon il sera trop ouvert et ma bite se perdra à l'intérieur. Je prends une capote dans la valise, je la montre au kamikaze afin de le prévenir. Je baisse mon pantalon et enfile la capote sur mon sexe bien raide. Je relève ma chemise. Je tiens les pans entre mes dents. Je commence à limer. Avec lui, il n'y a pas de limite de vitesse à respecter, je suis déjà en cinquième. Je le baise à fond, là, je fais vraiment de la gym, ce n'est pas comme tout à l'heure au club, je donne de ma personne, je suis rapidement en sueur. Je donne des coups de reins à fracasser mon pubis. Il réagit à peine, mais je le sens grogner, il respecte mes efforts, il a le goût du sport et de l'idée de se surpasser. Malgré la cadence extrêmement soutenue, je n'ai pas envie de jouir, je reste concentré, ce n'est qu'un apéritif sans alcool, de toute manière, son trou est trop desserré pour que cela devienne insupportable. Au bout d'un quart d'heure, je me retire. Le sourd se met à parler :

« Tu as joui ?

– Non, je voudrais te voir jouir d'abord.

– Pardon, je n'ai pas réussi à te lire. Mets-toi dans la lumière.

– Je disais que je voulais te faire jouir avant. Dis-moi ce que tu veux !

– Tu aimes fister ? O.K., alors tu vas me préparer le cul et ensuite tu entreras. Je vais chercher des serviettes. »

Il se dirige dans la salle de bains. Il revient avec deux serviettes blanches. Il pose la première sous lui dans le but de maintenir intact son matelas et l'autre à mes pieds. Il se remet à quatre pattes, la tête tournée vers moi. Je ne vois pas bien l'utilité de son bandana, si c'était au moins pour clore ses yeux ou alors pour serrer les dents, alors là je comprendrais. Il parle assez fort. En haussant le volume, il perd en compréhension :

« Je vais te guider. Enfile-moi les plugs par ordre de grosseur. Graisse-moi le fion, mec ! »

J'exécute les ordres. Je mets une dose bestiale de lubrifiant. Il y a trois plugs dont deux pratiquement identiques, difficile de savoir quel est le plus petit. Je prends le premier au hasard. Il entre tout seul et se love comme s'il connaissait le chemin, c'est le pitchoun qui vient téter sa mère.

« C'est bon. À l'autre maintenant. »

Je l'enlève délicatement, je crois savoir que ces choses sont plus pénibles à enlever qu'à enfoncer. Je recommence la manœuvre initiale avec le deuxième, puis avec le dernier. Tout s'enfourne sans distinction. Les plugs ont terminé leur mission, le cul s'est encore ouvert. Le sourd prend un anneau dans la valise et le met autour des couilles pour les compresser. Je suis étonné, je pensais que les cockrings, comme le nom l'indique, se glissaient à la base de la queue. Mais sa bite n'a pas l'air de le préoccuper énormément, il préfère avoir mal aux couilles.

« Maintenant, prends le gode noir et le big. Tu les graisses et tu y vas. »

Il est de moins en moins audible, heureusement ses volontés sont assez évidentes, pas besoin d'avoir fait l'ÉNA. Je pousse le gode noir, pour la première fois, je sens comme une résistance, finalement ce cul est humain, huit centimètres de diamètre peuvent provoquer un léger « ouille ». Je ne l'enfonce pas jusqu'au bout, je dois garder une distance vierge si l'on veut poursuivre notre amusement. Le deuxième gode est vraiment hallucinant, j'imagine mal comment il va s'engouffrer. Le sourd prend une grosse inhalation de poppers. L'effet vaso-dilatateurs du produit va anesthésier les sphincters. Il prend dans la valise un tube de pommade, je lis Xylocaïne, il ne me laisse pas l'enduire, il le fait lui-même. Je ne sais pas ce que c'est, sans doute un truc pour éviter la crise hémorroïdaire ou alors un antidouleur.

« Vas-y maintenant. Sois cool, pas trop vite. »

J'obéis. J'avoue que je suis assez fasciné, je ne serais pas plus sidéré si je voyais la mer Rouge s'ouvrir. J'ai le sentiment d'assister à un phénomène extraordinaire, ce petit trou bien que large va recevoir une montagne. Je ne suis pas dégoûté, je ne me demande plus ce que je fous là. Je suis le prêtre d'une cérémonie furieuse, un des dégénérés de la grande Babylone. Je mets la tête du gode contre son anus, je donne des petites pressions, je ne m'adresse pas au sourd mais à son cul, je veux que ce dernier comprenne et anticipe ce qui va lui arriver. Le cul, bonne pâte, capte mon langage, il s'ouvre et son maître le tend vers moi, en fait le gode est immobile, c'est le sourd qui s'empale. On a l'impression que les boas avalent leurs proies alors que ce sont eux qui avancent sur elles. Les proies restent en fait à la même place. Il en va de même pour le culto-malentendant. Il conduit son enculage, je ne suis qu'un simple assistant, du reste assez maladroit, le gode est si lourd et long que mes deux mains le dirigent péniblement. Incroyable, l'instrument est maintenant aux trois quarts dans le cul !

« Enlève-le *now* ! Doucement, oui, vas-y, attends, je relâche, oui, enlève-le. »

Je constate que le gode est par endroit recouvert de glaires et de merde. Je ne sais pas où le déposer. Je pige enfin pourquoi il a mis une serviette à mes pieds, je suis vraiment trop nul, j'ai mis les plugs et le gode noir à même la moquette. Heureusement, le sourd n'a rien vu, je les jette dans la serviette. Je ne suis pas encore aguerri à tous les us hards, mais j'apprends vite. Il ne reste plus que mon bras à enfiler. J'ai vu un film sur le sujet au M&M's. Il faut d'abord entrer les doigts en pointe, le moment crucial, c'est le passage de l'os à la base du pouce. Je crois bien avoir retenu la leçon, le sourd va déguster. Je mets un gant de latex, ce n'est pas évident à enfiler, je plains les chirurgiens, mais c'est vrai qu'ils se font aider. Je ne sais pas pourquoi il faut mettre un gant, je ne vois pas en quoi ce n'est pas *safe* de fister, peut-être les ongles, ou alors le cul avec les capotes s'est adapté au latex et en bouffe désormais, une sorte de loi darwinienne, mais comme il y a des gants, je les mets. Le sourd me guide. J'entre sans difficulté. Je découvre son anatomie intérieure par le toucher, je sens les muscles se refermer sur ma main, c'est délicieusement bon, ça me fait encore plus d'effet que si c'était ma bite. J'ouvre progressivement la main. Le sourd gueule, il prend un sacré pied. Moi, aussi je décolle, j'entre dans un état second. J'ai des sueurs froides qui ruissellent sur mon dos. Je tremble. Je respire mal. Je suis dans le même état que le premier jour. Le jour où j'ai appris que j'avais fécondé ma femme. Je suis au bord du délire, je gueule :

« Prends ça salope, je te déchire le cul, sale pute, je vais t'arracher les intestins, putain je vais te tuer ! »

Je n'arrive plus à me contrôler, je balance les choses les plus abominables. J'écume. Je me branle avec l'autre main. Mais j'ai envie de plus. Je désire plus, je ne sais pas quoi, quelque chose de plus énergique, de plus violent. C'est aussi parce qu'il ne m'entend pas, je suis frustré qu'il ne capte pas toutes les horreurs que je lui envoie. Je voudrais qu'elles lui impriment le cerveau, qu'il prenne peur, qu'il implore grâce, qu'il arrête tout, qu'il m'arrête, qu'il me débarrasse de moi et de ma fureur. J'arrête de me branler pour lui claquer le cul tandis que j'essaie d'aller plus loin avec l'autre main. C'est comme si je lui donnais des coups de poing à l'intérieur, comme si je cherchais le K.-O. définitif. Je vois son ventre rond frotter contre le matelas. Cette vision est des plus troublantes et je m'abandonne sur son dos, je le couvre de foutre en hurlant :

« Saloperie, je vais te faire bouffer ta merde ! »

Je débande et je redescends. J'ai toujours ma main dans son cul. Je dois me retirer, cela tombe bien, il me le demande :

« Enlève-toi, je veux jouir. Lentement puis d'un coup. »

Je m'enlève, je perçois un « blop » et une série de pets. Le gant est barbouillé d'excréments. Je le retire tandis que j'entends le sourd éjaculer. Qu'est-ce qu'il m'arrive ? J'étais un garçon calme, gentil, affectueux avant, on me disait galant, on me prenait pour un gentleman, j'étais classe, un mauvais fils mais un bon mari, est-ce que je vais finir dans un hôpital psychiatrique ? Au début, avec les gros, il y avait de la tendresse et du réconfort. Maintenant, je retourne dans les années violentes dont je suis sorti si difficilement. Le sourd se dirige dans la salle de bains pour se nettoyer. Je n'attends pas mon tour, je cherche la cuisine, la trouve et je frotte mes bras au Paic Citron. Le sourd me rejoint, il ouvre le frigo et me tend une bière. Le frigo est rempli à ras bord de bières, c'est le secret de son gros ventre. Il a enlevé son bandeau de kamikaze, il me parle tendrement, je pensais que c'était un dur, en fait il est sympa. Je lui demande comment il a appris à parler.

« Tu sais, je suis devenu sourd il y a trois ans à la suite d'un accident de moto. Mon mec conduisait, lui, il n'a pas réchappé. C'est un con qui nous est entré dedans. Son assurance a payé, j'ai eu une grosse indemnité, comme ça je ne travaille plus, je passe mon temps à la salle de gym. Quand je suis sorti du coma, je n'entendais plus. J'étais musicien avant. »

Je me dis que c'est le destin, ce sont toujours des mecs qui lui rentrent dedans. Je n'ose pas lui demander s'il a commencé à se faire défoncer le cul avant ou après être devenu handicapé. Je me dis que si un truc pareil m'arrivait, je voudrais tuer tout le monde, je voudrais que tout le monde souffre autant que moi. Je ne deviendrais pas maso, au contraire, je serais un assassin. Mais après tout, c'est peut-être sa façon à lui d'avoir une emprise sur sa souffrance, les masos ne subissent pas, ils sont les maîtres de ce qu'ils peuvent endurer. Il ne décide pas d'être sourd, mais il décide de se faire déchirer le cul.

On va boire nos bières sur le matelas. Le bordel n'est pas rangé. On discute, mais ce n'est pas évident de parler à un sourd, il y a beaucoup de mots qu'il n'arrive pas à lire sur mes lèvres et il m'a fait comprendre qu'il n'aimait pas qu'on les lui écrive. Au bout d'un quart d'heure, je rebande, je veux le prendre, il obtempère, il se met sur le dos et tient ses cuisses entre les mains. Je le baise moderato mais il m'arrête vite. Il a mal. Je suis étonné que ma bite lui fasse mal après ce qu'il a enduré, mais c'est un être humain après tout, pas une machine. Je me retire, enlève la capote et je me branle au-dessus de son ventre. Avec l'excitation arrive une nouvelle bouffée délirante comme tout à l'heure, j'ai envie de crier des saloperies, j'ai envie de lui faire mal, je regarde son ventre si gros et si tendu et je me dis que j'aimerais bien l'ouvrir, je veux savoir ce qu'il cache à l'intérieur, oui, je voudrais l'ouvrir avec une lame, voir les chairs éclater, j'ai l'image d'un cachalot qu'on éventre aux Açores, aussitôt la graisse blanche explose de manière compacte, qu'est-ce qu'il cache dans son ventre, mes désirs, mon enfance, ma misère, mon incapacité ? J'ai comme une vision : tous les mecs avec qui j'ai baisé étaient des ogres. Ils ont tous voulu me bouffer ou alors c'est moi qui voulait être mangé. Je suis au plus mal. Je suis parcouru de sueurs glacées. Je tremble. Une petite voix dans mon cerveau me dit d'aller dans la cuisine, de prendre le plus grand couteau, comme pour le gode rien n'est trop gros pour le kamikaze. Je cherche à lutter. Mais la voix est toujours là. J'entends : « Chiche que tu n'es pas capable d'ouvrir ce porc ! Vas-y, éventre-le, tu te sentiras mieux après. » J'ai peur de perdre la raison définitivement, de ne jamais pouvoir revenir en arrière. J'arrête de me branler, je me rhabille à la hâte, je m'excuse auprès du sourd, je lui dis que je suis en retard. Je ne sais même pas son prénom.

Je referme la porte. Je descends l'escalier. Je donne des coups de poing dans le mur pour évacuer les restes de ma violence. Je frappe fort. Je n'ai pas peur de me casser le poignet. Un morceau de plâtre tombe au sol. Avant d'arriver en bas, je dégueule sur les marches. Une douleur m'a saisi le ventre. J'ai une crise d'angoisse. J'avale deux Tranxène. Je viens de comprendre la vérité. L'ogre, c'est moi.

La blonde ou la brune ? Je ne sais pas quelle perruque choisir. La blonde fait secrétaire, il faudrait que j'utilise des lunettes, alors là je ferais encore plus vicieuse. La brune donne mauvais genre, pas vraiment pute, plutôt salope domestique. C'est fou ce que les cheveux longs me vont bien. Maquillé et en jupe, je fais nana mais pas boudin, non, une belle pouliche taille mannequin. C'est parce que j'ai une ossature particulièrement fine, bon nombre de filles envient mes étroites chevilles et mes genoux discrets. J'ai les traits délicats, avec une bonne couche de fond de teint, du mascara et un rouge Marylin, je vais faire craquer tous les gros mâles virils, ils n'y verront que du feu. J'ai envie de gros mecs hétéros, j'en ai marre des homos du M&M's ou des saunas, il me faut des vrais hommes. J'ai décidé de m'envoyer les routiers qui se garent le soir près de l'ambassade de Russie, vers la porte Dauphine. Ils y viennent étancher leur excitation, l'endroit regorge de putes, de travelos et de petits mecs. Déguisé en miss Monde, j'aurai plus de chance. De toute façon, je ne viens pas chercher le cacheton, je veux des trucs qui déménagent. Je veux me taper le plus de chauffeurs dans leur cabine, je serai une vraie serpillière à foutre.

J'hésite à me fabriquer des nichons. Je prends dans le tiroir un soutien-gorge de Valérie, j'arrive à le passer et je mets à l'intérieur de chaque balconnet une chaussette. Je me dis qu'avec mon chemisier en satin, ça peut passer, du moment qu'ils ne les tâtent pas. Mais je décide d'enlever le soutien-gorge, je suis sûr qu'il va me gêner. Je n'en ai pas besoin. Lorsque j'ai acheté mes hauts talons à Pigalle, j'ai vu dans la boutique plusieurs prothèses destinées à donner l'illusion de gros seins, le vendeur m'a demandé si je voulais les essayer, j'ai ri en disant non, en fait je mourais d'envie de me voir ainsi attifé. Un jour ou l'autre, je franchirai le pas, je sais que les costauds poilus adorent ça. Il faut donner du gros aux gros. Je finis de m'habiller. J'ai mis une jupe noire en stretch, des bas noirs, mon chemisier en satin caramel et mes talons bleus. J'ai réussi mon entreprise, je ressemble à une chienne qui veut se faire bourrer. Je choisis finalement la perruque brune. Je me maquille soigneusement devant le miroir. Je prends un petit sac vernis noir. Je me regarde une dernière fois avant d'ouvrir la porte. Je me dis que je ressemble à Simone Choule. Je prends mes clefs et je claque la porte.

Il ne fait pas très chaud aux abords du bois de

Boulogne. Je vois plein de camions. Je marche en roulant les hanches. J'ai un accès de timidité. Je fais marche arrière. J'ouvre une petite flasque que j'ai glissé dans mon sac, c'est du cognac, j'en bois une longue gorgée. Ah, j'avais oublié qu'il me reste encore un peu de coke ! Je déplie la pochette et je verse son contenu sur mon pouce gauche. Je sniffe d'un coup, je n'ai de poudre que pour une seule narine, tant pis, c'est toujours mieux que rien. La chaleur me gagne, je retourne en direction des poids lourds. Il y a d'autres travelos qui me regardent méchamment. Je les ignore. Je suis la plus belle. Je me fais alpaguer par un gros moustachu. Il me demande mes tarifs. Si je lui dis que c'est gratuit, il va prendre peur, peut-être croire que je fais tout ça juste pour lui refiler le sida. Je lui réponds les mains sur les hanches avec une voix d'hôtesse de l'air :

« Mon biquet, c'est cent francs la pipe ou deux cents francs l'amour. »

Il accepte aussitôt, je dois lui plaire un maximum ou alors je casse les prix. Je monte dans sa cabine. C'est cosy, il y a des fanions multicolores et des peluches, à l'arrière dans sa couche, il a scotché des posters de femmes nues. Il ne m'emmène pas voir mes collègues de papier glacé, il s'assoit à son siège de conducteur et baisse son pantalon. J'ai une place suffisante pour me glisser à ses pieds. Sans réfléchir, je commence à sucer. Sa queue n'est pas spécialement nette et ses poils puent la sueur rance et le gasoil. Je ne lui ai pas mis de capote, mais je ne le laisserai pas me juter dans la bouche. Pourtant, je me fais avoir, je ne l'ai pas venu venir, en dix secondes il balance la purée et me maintient la tête. Je suis obligé d'avaler la moitié de sa semence amère. Je pourrais lui mordre la queue en guise de vengeance mais je la recrache, je voulais du gros mâle, je suis servi.

Je sors de la cabine avec cent francs de plus en poche. Les travelos sont encore là, cette fois-ci ils sont regroupés. Je crois qu'ils parlent de moi. Je m'écarte. Un peu plus loin, je tombe sur un routier italien. Il n'est pas mal, assez jeune, bien trapu. Il est propre sur lui et plutôt élégant. Je le racole. Il est d'accord. Je remonte dans un camion. Il tire les rideaux sur le pare-brise. Il veut me voir nu. Je lui dis qu'il risque d'être déçu, que je suis un mec. Au contraire, ça l'excite. J'enlève mes bas, ma jupe et mon chemisier. Je conserve ma perruque et mes souliers. Il veut m'enculer. Je lui dis O.K. avec préservatif. Il ouvre sa boîte à gants et je vois plein de capotes à l'intérieur. Il défait sa braguette. Malheureusement il a une petite bite. Il me fait asseoir sur lui. Je ne ressens rien, je me demande même s'il est à l'intérieur. Il veut que je lui dise que sa bite est bonne, qu'elle est trop grosse, qu'il me déchire. Je joue le jeu. Mes paroles lui échauffent les sens, il se met à m'invectiver. Je ne lui ai pas avoué que je comprenais l'italien. Il me dit que je suis un enculé. J'ai envie de répliquer :

« Mais tu es très intelligent d'avoir pigé ça tout seul. Ta *mamma* doit être fière de toi. »

Je me retiens. Quand il a fini, je suis d'humeur salope, je lui dis dans la langue de Dante que c'est dommage d'avoir une bite aussi minuscule. Il est furieux, il me jette de son bahut à moitié à poil. Il a oublié mon petit cadeau. Je cherche un bas en vain. Je me sens épié. Les travelos font bloc sur l'autre trottoir. Ils m'insultent. Ils traversent la chaussée, j'ai intérêt à fuir si je ne veux pas me faire casser la gueule. Je dois courir. Je m'engouffre dans le bois. J'ai du mal à courir avec ces foutus talons aiguilles, les travelos sont en train de me rattraper, ils ont sans doute plus l'habitude. Je vais me faire tuer. Je ne sais pas ce qu'ils me veulent. Je trébuche, je n'avais pas vu une racine. J'ai deux travelos sur moi. Ils me balancent des coups de pied dans les côtes. Puis ils me relèvent en me maintenant, je ne peux pas m'échapper, c'est qu'elles sont balèzes, ces garces ! Une brune en tenue pailletée s'approche de moi, je pense que c'est le chef de la bande. Il sort un cran d'arrêt. Je distingue la lame étincelante et les yeux magnifiques du travelo. Il est très réussi, c'est peut-être un transsexuel. Il me parle avec un accent étranger :

« Qu'est-ce que tu fous chez nous, salope ? On a pas besoin de toi ici, *comprendo* ? C'est moi qui décide.

– Je ne vous veux pas de mal, madame. Je suis un grand malade, j'ai besoin de m'envoyer des gros mecs. Je ne suis pas dans le business, je ne fais pas ça pour le fric.

– Mais c'est qu'elle se fout de ma gueule ! Dégage, je ne veux plus jamais voir toi, la prochaine fois je vitriole joli visage. »

Je crois avoir touché son cœur et sa mansuétude quand dans un mouvement de haine, elle me décoche un coup de couteau dans la joue. Je saigne, j'ai une belle estafilade. J'ai envie de pleurer. J'en ai marre de ces plans sordides. Si je partais aux États-Unis ? C'est le pays des gros, je pourrais y trouver un beau *truckman* sympa et viril, tiens je pourrais devenir serveuse dans un snack sur la route, ce serait le pays du bonheur ! On me relâche. Avant de disparaître, un travelo me pique ma perruque, ce n'est pas un con, il connaît le prix des choses, elle m'avait coûté cinq mille francs.

Je me réveille. Ce n'était qu'un rêve. Je ne suis pas encore tombé si bas. Mes draps sont trempés de sueur. Je regarde ma montre, il est déjà onze heures du matin. Je vais dans la salle de bains. Je n'arrive pas à pisser. J'ouvre la boîte à pharmacie, je prends une amphète. Ma journée commence. Qu'est-ce que je vais faire ?

Je sonne à la porte. Je ne sais pas pourquoi je suis venu dans cette banlieue sinistre. Ce n'est pas un costaud. Mais j'étais comme happé sur le Minitel. Il m'a parlé de photos. Il prend des photos des mecs qu'il s'envoie, enfin, ceux qui veulent. Je me suis dit qu'il devait posséder des trésors, des images de mecs qui viennent baiser ou qui ont joui quelques minutes auparavant. Il y a sûrement des épaules carrées, des dos massifs, des bras de forgeron, des gueules énormes, des ventres rebondis. Je suis curieux de ces archives. Il m'a dit que même si je ne voulais pas avoir de relations sexuelles avec lui, il serait ravi de me tirer le portrait. Il avait une voix chaude au téléphone. J'ai raccroché en pensant ne pas venir. Puis, une sorte d'instinct a actionné mes jambes, je me suis retrouvé dans la rue sans m'en rendre compte. Je suis venu à Saint-Ouen. Personne ne répond. Je sonne à nouveau. J'entends des chiens aboyer. Il m'avait prévenu, il m'avait demandé si les chiens me dérangeaient. Il ouvre la porte. Il fait sombre chez lui. Il me tend la main. Je la prends et je franchis le seuil. J'ai son visage presque en ombre chinoise. Je m'avance. J'espère qu'il va se déplacer afin d'entrer dans la lumière. Mon truc fonctionne. Il a menti, il n'a pas quarante ans. C'est un homme d'au moins cinquante-cinq ans. Je devrais partir, lui cracher son mensonge à la gueule, mais je reste. Je regarde l'intérieur de l'appartement. Je n'avais jamais rien vu d'aussi sale. Je vois toutes sortes de cartons et de papiers empilés, des objets récupérés sans doute dans des poubelles, de la poussière en flocons épais partout, les vitres sont noires. Le ménage n'a pas été fait depuis des années. Je ne sais pas comment on fait pour vivre dans une telle crasse. Les chiens arrivent pour me saluer. Ils sont galeux et boiteux. Il y a une sorte de berger malinois couleur pisse couvert d'eczéma et un bâtard traînant les deux pattes arrière. Pourquoi est-ce que je ne pars pas ? L'homme me propose un verre, je refuse, je ne tiens pas à voir l'état de sa vaisselle. À présent, je le distingue plus nettement. En fait, il a sans doute quarante ans, mais une fatigue monumentale se dégage de son visage et de tout son être. Il est grand et très maigre. Sa bouche est immense et bien dessinée, son nez est droit et ses yeux profonds, mais le visage est si émacié qu'il fait peur. Ce mec a dû être beau autrefois, sa beauté s'est sans doute dégradée rapidement. Je comprends pourquoi je suis venu chez lui, sa voix est envoûtante, une voix grave et chaude d'homme de théâtre. J'ai l'impression qu'il est timide. Je le questionne, je veux connaître sa vie, en tout cas je suis certain de ne pas baiser avec lui, c'est un sentiment rassurant :

« Tu fais souvent du Minitel ?

– J'ai arrêté il y a sept mois et vingt-cinq jours. Ce soir, j'ignore la raison qui m'a poussé à recommencer.

– Avant, tu en faisais beaucoup ?

– En un an, j'ai eu des relations sexuelles avec mille huit cent vingt-cinq personnes, soit une moyenne de cinq personnes par jour. »

Je sais qu'il ne se vante pas, il raconte l'exacte vérité. Je lui demande des détails. Il me répond sans la moindre nervosité ou émotion dans la voix :

« J'étais comédien. Un soir, je rentre chez nous, je vivais avec un garçon depuis dix ans, je le trouve avec un jeune Arabe dans le lit. Au lieu de s'excuser ou d'être gêné, il m'a répondu qu'il faisait cela régulièrement depuis qu'il m'avait rencontré, il m'a dit qu'il ne m'avait jamais aimé, il s'est levé, a mis quelques affaires dans un sac de sport puis il est parti avec l'Arabe. Je ne l'ai jamais revu. »

Il passe une main sur ses joues. Je n'ose pas ouvrir la bouche. Un des chiens vient poser sa tête sur une de mes cuisses.

« Le soir même, j'ai tiré les rideaux et je ne suis pas sorti de l'appartement pendant un mois. J'ai vécu une dépression noire. Puis, par vengeance ? j'ai loué un Minitel, on était le 24 décembre et je me suis dit que j'allais baiser pendant un an avec le plus grand nombre de mecs possible. »

Il repasse sa main sur les joues. Le geste est mécanique, néanmoins très gracieux. Ses yeux sont perdus dans le vague. Je pense soudain qu'il y a un lien entre nos histoires. Moi aussi, j'ai une cadence infernale, du jour au lendemain, j'ai commencé à m'envoyer plein de mecs. Et depuis que Thierry est parti, le rythme s'est accéléré, maintenant, je m'envoie n'importe qui, n'importe quoi, parfois des obèses, parfois des mecs maigres. Il n'y a que ça qui me calme avec les médocs.

« J'en levais au moins dix par jour pour avoir une cadence de cinq, entre les lapins et ceux qui avaient peur de l'état de l'appartement en arrivant, il fallait un minimum de dix contacts sérieux. Tu vois donc, dans cet appartement, je me suis tapé mille huit cent vingt-cinq mecs, un peu partout d'ailleurs, souvent dans l'entrée. Les mecs venaient comme des mouches, je laissais mon téléphone donc j'avais l'air réel et puis j'ai une grosse queue. »

Il reprend sa respiration. Il allume une nouvelle cigarette. Je me demande si je vais finir par lui ressembler, est-ce que j'aurai une gueule aussi ravagée dans dix ans, est-ce que je ferai plus vieux que mon âge ? Combien de mecs me suis-je envoyés depuis presque huit mois ?

« La veille de Noël de l'année suivante, j'ai arrêté. J'ai tapé déconnexion, je n'avais pas recommencé jusqu'à ce soir. Cela ne m'a jamais manqué.

C'était un pari avec moi-même, on peut dire une expérience, ça m'a aidé à me sortir de ma dépression. Plusieurs fois je suis tombé sur mon mec sur le Minitel, il faut dire que je me faisais passer parfois pour un jeune Arabe dans cette intention. Un soir, je lui ai donné rendez-vous à côté, dans un immeuble voisin, il est venu, je le regardais caché derrière une voiture. Je crois que je l'aime encore. »

Maintenant, je suis dans la rue et j'ai froid. Son histoire m'a ému, je suis resté toute la nuit à l'écouter. Il m'a parlé de son enfance en Guadeloupe. Il m'a parlé du théâtre. Il m'a parlé de ses chiens, il les a recueillis dans la rue, il ne supporte pas la souffrance infligée à un animal. J'ai pensé que ce mec avait un cœur d'or, que c'est à cause d'une ordure qu'il a basculé. Je n'avais pas pitié, une vraie force émane de lui. Puis, je lui ai demandé de jeter un œil sur ses photos. Il a sorti ses albums en me disant que c'était la première fois qu'il le faisait, il avait promis aux modèles de ne jamais montrer les clichés. De ma vie, je n'ai rien vu d'aussi effrayant et d'aussi beau. Il a un talent incroyable de portraitiste ou alors ce sont les mecs qui dégageaient naturellement ce trouble. Je n'ai pas vu un seul mec à ma convenance. C'étaient dans l'ensemble des mecs jeunes et magnifiques, je me sentais laid par rapport à eux. J'avais la chair de poule. J'ai pensé à un reportage sur une mère examinant les photographies d'un cimetière militaire, une femme ronde vêtue de noir cherchant en pleurs des traces de son fils. Je n'ai pas voulu que mon hôte me photographie. Je lui ai dit que je reviendrai un jour pour qu'il me saisisse, je ne me sentais pas prêt. J'ai regardé ma montre, il était déjà six heures du matin. Nous sommes descendus ensemble dans la rue. Il sortait ses chiens. Je l'ai quitté comme on quitte un grand frère. J'ai fait quelques pas, puis je me suis retourné. Il me regardait avec ses deux ignobles cabots aux pieds. J'ai pensé que ce mec était mort. Des frissons électriques ont alors parcouru mon dos et je suis là, sur ce trottoir. J'ai froid. Je suis aussi mal que lorsque j'avais roulé à deux cents kilomètres à l'heure avec la voiture de mon père, le jour de mes vingt ans. Je n'avais pas réussi à dormir de la nuit, j'étais agité et pris de convulsions, je voyais les accidents auxquels j'avais échappé m'arriver. Les peurs les plus abominables sont les peurs rétrospectives. Je comprends que c'est fini. La nuit s'achève. Je respire comme un nouveau-né. Je me retourne une dernière fois, je ne vois plus que le dos de l'homme se fondre dans l'aurore. Je me dis qu'il est la mort.

Je joue avec le petit Alexandre. Il a les yeux verts de sa maman. Il est né il y a dix mois. Le temps passe vite, je me souviens du jour où il est apparu au monde, j'ai l'impression que c'était hier. J'ai assisté à sa naissance. Au début, je ne voulais pas, mais la mère de Valérie a insisté. Je me suis retrouvé à l'hôpital quand le travail avait déjà commencé. C'est une amie de Valérie qui l'avait emmenée lorsque les premières contractions sont survenues. On avait essayé de me joindre en vain. Les portables ne fonctionnent pas dans les saunas. À la maternité, je ne savais pas quoi faire, je crois que j'avais peur. C'est ma belle-mère qui est venue me chercher dans le parc. Elle m'a dit que Valérie avait besoin de moi, qu'il fallait que j'assiste à l'accouchement, elle m'a même donné un camescope pour mémoriser la scène. C'est contraint que je suis entré dans la salle de travail. J'ai tenu la main de ma femme tandis qu'elle poussait. J'ai regretté de ne pas avoir suivi les cours de préparation, je ne savais pas quoi faire ni quoi dire. Je me suis dit que Valérie devait drôlement souffrir. C'était la première fois que je voyais son ventre aussi gonflé. Valérie me serrait très fort. Elle me faisait mal. Je n'arrivais pas à croire que j'étais en partie responsable de ce ventre, de cette souffrance, de l'avènement d'un nouvel être. J'ai prié pour que tout se passe bien. J'ai fermé les yeux. Je n'ai rien filmé. Puis j'ai entendu un cri, Alexandre était né. Valérie l'a pris dans ses bras. Puis j'ai fait de même. Je me souviens du sang et de l'odeur. Il était tout chaud. Je l'ai regardé et j'ai pleuré. C'était une petite boule de chair fragile, j'ai senti qu'il ne pourrait pas vivre si je ne le protégeais pas, si je ne l'aimais pas, si je n'étais pas là. J'avais pensé fuir à sa naissance. Je l'ai pris dans mes bras et je suis toujours à ses côtés.

Avant-hier, Alexandre a prononcé clairement : « Papa ». C'était la première fois, j'ai hurlé comme un supporter de foot devant un but de son équipe. Alexandre a eu peur et il s'est mis à pleurer. Je l'ai réconforté en lui chantant un vieil air italien. C'est Valérie qui a trouvé le prénom. Quand elle s'est réveillée à la maternité, elle a dit subitement : « On devrait lui donner le nom de ton père. » Bizarrement je n'ai pas protesté, j'ai pensé que c'était naturel, puis de toute façon, il y a une différence, mon père s'appelait Alessandro. Ma mère a dit que le petit ressemblait à son mari. En fait tous les bébés ressemblent à quelqu'un ou à personne, il est facile de placer des choses qu'on voudrait voir. Alexandre est la joie de ma vie. Il a balayé toutes mes craintes. Je ne me pose plus de questions, j'agis tout simplement. Lorsqu'il a faim, je lui donne à manger, lorsqu'il a envie de dormir, je le couche, lorsqu'il a besoin d'un réconfort, je lui fais un câlin, en fait je lui offre de la tendresse même quand il ne la demande pas. Je n'ai toujours pas trouvé de boulot. Ou alors je suis devenu un père au foyer. Valérie a repris son travail à l'agence un mois après l'accouchement, elle est de plus en plus submergée par le travail, mais ça va, elle tient le coup, elle n'est jamais fatiguée quand il s'agit de retrouver Alexandre. J'aimerais avoir son énergie. Mais j'en ai suffisamment, j'ai commencé à écrire un roman, un policier, c'est l'histoire d'une femme obèse qui tue pour maigrir, chaque meurtre provoque chez elle une crise d'anorexie, j'espère que j'arriverai jusqu'au bout, j'ai déjà une centaine de pages. Un jour peut-être raconterai-je ce qui m'est arrivé, mais j'ai besoin de gagner de la confiance dans mon écriture, il faut que je recherche le bon style, je ne veux pas d'une confession anonyme maintenant que j'ai pris du recul. Je continue les séances chez madame Vinciguerra, enfin, seulement une fois par semaine. Je ne lui ai toujours pas parlé de mes ogres. J'ai encore le sentiment que tout cela ne la regarde pas. Si je n'allais pas très bien l'année dernière, ce n'était pas parce que je couchais avec des mecs de cent kilos, le pathologique, c'était la fréquence à laquelle je m'y adonnais, à la fin je me tapais les pires monstres, juste pour baiser, simplement pour diminuer mes souffrances. La naissance d'Alexandre a guéri toute cette fureur.

Les six premiers mois, je n'ai eu aucune relation sexuelle avec un mec. Je pensais même que le désir envers les costauds avait été éradiqué. J'ai retrouvé ma vie sexuelle avec Valérie, les choses se sont débloquées naturellement. Dans un premier temps, les retrouvailles n'ont pas été évidentes, il a fallu que je redécouvre le corps féminin, mais aujourd'hui, nous sommes comme avant. Pourtant un soir, je suis retourné au M&M's, l'ambiance entre mecs me manquait, j'ai bu deux bières, je n'ai baisé avec personne, je ne suis même pas descendu en bas. Lorsque je suis rentré à la maison, Valérie était encore debout. Je ne sais pas ce qui m'a pris, mais je lui ai dit que je couchais avec des mecs de temps en temps. Elle n'a pas été surprise. Au contraire, elle avait l'air heureuse. Elle m'a avoué sa satisfaction :

« Je suis contente que tu me le dises enfin. Le jour où je t'ai vu la première fois, j'ai demandé à Claude si tu étais homo, je voulais juste savoir. Elle m'a dit que tu étais bi, enfin que tu préférais les femmes, mais que parfois tu allais avec des garçons. Pour Claude, tu étais l'être idéal bien que secret. J'ai toujours su que tu avais des relations sexuelles avec des hommes, crois-moi ou non, je t'aime, je peux comprendre, cela ne m'a jamais dérangé du moment que tu te protèges. »

On croit connaître les raisons qui nous font aimer un être, en fait on ne cesse d'apprendre. Cependant, ma première réaction aux mots de Valérie a été la déception. J'ai été déçu que Claude lui ait raconté un mensonge et qu'elle l'ait cru. Mais peut-être que Claude me connaît mieux que moi. C'était une sorte d'anticipation. Non, ma déception venait d'ailleurs. Valérie aurait pu m'aider quand je souffrais, j'aurais pu lui parler, me confier à elle, me réconforter dans ses bras, sans doute n'aurais-je pas été aussi mal. J'ai perdu du temps, je n'avais pas confiance. On se croit seul alors qu'on refuse les autres. Mais la déception a vite laissé sa place au bonheur d'être moi-même, de ne plus avoir peur d'être découvert. J'aime Valérie et je couche de temps en temps avec des mecs. Je n'ai pas honte d'être double. J'aime les costauds, j'assume. Je baise, je n'ai pas honte. J'ai cessé de fuir. Les désirs cachés, qu'ils crèvent de douleurs, car ils sont de la douleur ! Je ne me suis jamais senti aussi bien dans ma peau. Je n'ai pas peur d'être un mari, un père et un amant. Je vis ma vie.

Je ne parle pas de mes aventures à Valérie. Je crois qu'elle n'a pas envie de les connaître. Pourtant, j'aimerais bien qu'elle rencontre Thierry, je voudrais qu'elle voie la personne qui a suscité chez moi une telle passion. Je ne suis pas sadique, c'est un désir de complicité. Je revois Thierry. Nous dînons ensemble une fois par mois environ, avec son copain et Georges. Je n'ai pas connu la fille pour laquelle il m'a quitté, l'histoire n'a duré qu'un court moment. Maintenant, Thierry s'est mis en ménage avec Paul, un kinésithérapeute de vingt-cinq ans, plutôt mignon, assez trapu. J'ai toujours autant de plaisir à regarder mon ancienne passion, mais je ne le désire plus, l'amour entre nous était trop déséquilibré. J'envie juste Paul, quel bonheur il doit avoir à masser son corps superbe ! Georges me fait de la peine, il est à nouveau seul, je crois que c'est son pessimisme viscéral qui a fait fuir son copain. Il veut rebaiser avec moi, mais je n'ai pas envie, j'ai peur que cela brise notre amitié. Alors tous les deux, après le restaurant, tandis que Thierry et Paul rejoignent leur nid, nous allons au M&M's et nous nous amusons bien. En moyenne, je baise deux ou trois fois avec des mecs dans un mois. Je suis devenu raisonnable. Je sélectionne. Je ne prends que ceux qui m'attirent vraiment. Je suis sage. Je vais bien. Je suis heureux.

La seule chose qui m'inquiète, c'est que depuis un an, j'ai pris une dizaine de kilos. Bien sûr, j'ai arrêté de fumer, mais le sevrage n'explique pas tout. J'ai été consulter mon médecin. Il m'a dit en riant que c'était l'enrobage naturel des pères de famille. Moi, j'ai peur que ce soit hormonal. Je n'ai pas envie de devenir gros, ce n'est pas ma nature.

Mercis infinis à Super Bill, Georges Delerue, D.V. (désolé pour les vacances), Véro et Stan, les shorts de rugby XXL, les tabliers de travail grands patrons, la sauce carbonara et bien sûr, encore merci à toutes les mamans du Sud-Ouest.

Collection
Le Cercle Poche

Déjà parus dans la collection :

N° 1 – Sélim Foued, *Désir*
N° 2 – Paul La Menthe, *La Venelle*
N° 3 – Françoise Rey, *La Peur du noir*
N° 4 – Aurélie Van Hoeymissen, *Fantasmes*
N° 5 – Nadine Monfils, *Le Bal du Diable*
N° 6 – Hervé René Martin, *L'Éveil de Clémence*
N° 7 – Jacques Cellard, *La Chambre aux miroirs*
N° 8 – Florence Dugas, *Dolorosa soror*
N° 9 – Élizabeth Herrgott, *Transports amoureux*
N° 10 – Gilles de Saint-Avit, *L'Amie*
N° 11 – Cécile Wajsbrot, *Le Désir d'Équateur*
N° 12 – Sophie Cadalen, *Le Divan*
N° 13 – Tobsha Learner, *Celle qui fut ligotée et oubliée*
N° 14 – Vincent Dubary, *Hors les liens sacrés du mariage*
N° 15 – Alain Mainard, *Nora la conquérante*
N° 16 – Michael Biermann, *Les trente jours de Marseille*
N° 17 – Abel Pohulanik, *Le Ruban de chair*
N° 18 – Aurélie Van Hoeymissen, *La Femme sans tain*
N° 19 – Pierre Bourgeade et Marie L., *L'Autre face*
N° 20 – Nathalie Gassel, *Éros androgyne*
N° 21 – Isabel Marie, *Les Gestes*
N° 22 – Marcel Jouand, *L'Envoûtement*
N° 23 – Pier-Angelo Polver, *Ogres*

Si vous désirez être régulièrement tenu au courant de nos publications, remplissez cette page et renvoyez-la à :

ÉDITIONS LE CERCLE POCHE
14, rue Léonce Reynaud
75116 PARIS

NOM : ....

PRÉNOM : ....

ADRESSE : ....

....

CODE POSTAL : ....

VILLE : ....

PAYS : ....

ÂGE : ....

PROFESSION : ....

TITRE de l'ouvrage dans lequel est insérée cette page : ....

....

Cercle
Poche n° 17

Abel
Pohulanik

Le Ruban de chair

Une femme loue les services d'un jeune prostitué pour pimenter sa vie sexuelle. Du moins ce dernier le croit-il, naïvement. Il apprendra à ses dépens que la motivation était tout autre…

Cercle
Poche n° 18

Aurélie Van
Hoeymissen

La femme sans tain

“Audrey désire tous les hommes, et n’en admet quasiment aucun dans le cirque privé de ses élans. Sur la piste, tous les hommes la désirent. Dans le public, aucun n’a voix au chapitre. Audrey déteste qu’on la contredise lorsqu’elle se rend au songe.”
Derrière cette femme sans tain se terre un animal sauvage dont il faut deviner l’ignorance qu’il a de ses propres instincts.

Cercle
Poche n° 19

Pierre
Bourgeade & Marie L.

L'Autre face

Portrait de la face cachée de Paris

Pierre Bourgeade et Marie L. s'attablent pour une authentique partie de Monopoly : l'amour parisien. D'espaces publics en lieux privés, nos deux compères se partagent les arrondissements de Paris. La règle du jeu ? À celui qui cloue-ra l'autre par ses excès.

Cercle
Poche n° 20

Nathalie
Gassel

Éros androgyne

Éros androgyne est une odyssée intérieure. Celle d'une jeune femme athlétique. Qui dissèque sa libido. Qui sublime le corps lubrique et animal. Qui s'émerveille devant la chair aimée. Pour que l'insatisfaction devienne poésie.

Cercle
Poche n° 21

Isabel
Marie

Les gestes

Rien que les gestes, hurle Élisabeth à son amant d'une nuit, pour ne pas s'attacher. Rien que les gestes, pense Élisabeth, pour survivre en apnée, en bute au harcèlement moral, séquestrée par son mari qui n'entend pas la laisser divorcer. Revenir à des gestes simples et se perdre dans leur accomplissement, marmonne Élisabeth, pour ne surtout pas réfléchir.

Cercle
Poche n° 22

Marcel
Jouand

L'envoûtement

Des nouvelles empreintes d'un érotisme coquin pour certaines, envoûtant et torride pour d'autres, que l'on attribue à Marcel Jouhandeau.

Imprimé en France sur Presse Offset par

BRODARD & TAUPIN

GROUPE CPI

10108 – La Flèche (Sarthe), le 27-12-2001
Dépôt légal : janvier 2002

LE CERCLE POCHE – 14, rue Léonce Reynaud - 75116 Paris
Tél. : 01.40.70.93.23